赤毛証明

光丘真理
Mitsuoka Mari

くもん出版

赤毛証明

こつき、学習に取り組む準備を
する。
る。左襟には、校章をつける。夏服着用
日とし、それぞれの前後1週間は、どちら
れる長さ。男子のズボンは規定通りの幅と
黒または紺色とする。
ものを使用し、通学靴は革靴とする。
の運動靴については、体育科および顧問の指示
ぱりとした型とする。男子は短髪とする。女子は肩まで
らんと束ねること。髪を染めたり、パーマをかけることは
ことがあれば、翌日までに必ず元に戻すこと。地毛の場
すること。
生徒会活動で残るときは、担任・生徒会担当の先生に報告
受ける。
室使用の際は、終了時、机・椅子を現状に戻し、窓を閉め、電
先生に報告してから下校する。
の際も、服装は標準服とする。生徒手帳も持参する。
赤毛
証明

三つ葉学園　教育目標

自ら考え判断し行動できる人になろう
他者を思いやり豊かな心を持つ人になろう
心身ともに健康でたくましい人になろう

生徒の努力目標

明るく楽しい健康的な学園生活を送るために

○進んで学び、興味のあるものを発見しよう
○自分の役割を考えて責任をもって果たしていこう
○清潔を心がけよう
○ものを大切にしよう
○それぞれの個性を認めあい、思いやりをもって人間関係を築こう

学園生活のきまり

登校・下校

登校は予鈴までに校門をくぐり、始業時刻(8:30)より朝読書を始める。
下校時間は、定められた時刻とする。

遅刻・早退・欠席

いずれも、必ず担任の先生に届出ること。

外出

先生の許可なく学校外に出ることを禁止する。

持ち物

学習に不必要

学習

授業のチャ
授業の始

服装

本学園
期間の
の服
女子
すな
靴

目次

1 ふつうじゃなくなった日 7
2 これがふつうだから 21
3 赤毛でなにがわるい 35
4 特別な存《そん》在《ざい》 43

5 ゆるすよ 65
6 ゲニンの子 77
7 嫉妬《しっと》 85
8 まもりたいもの 103
9 とびらをひらけば 133

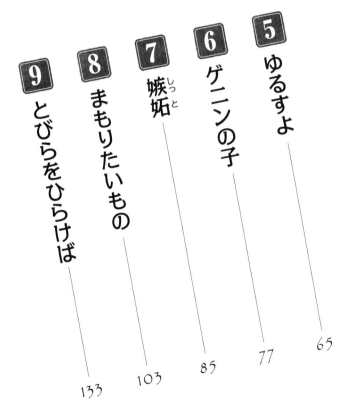

1 ふつうじゃなくなった日

ああ、いやだ。初夏なのに、冬みたい。

あたしは、ホームのベンチをけった。

あたし、堀内《ほりうち》めぐは、ごくふつうの家庭で育って、成績《せいせき》も中ぐらい。中ぐらいのレベルの私立中高一貫校《いっかんこう》・三《み》つ葉《ば》学園に入学して、ごくふつうの学園生活をはじめた中学一年生。

それなのに、今日、あたしは、ふつうでない印をおされた。

生徒手帳の一ページ真ん中に、赤いゴム印で『赤毛証明《しょうめい》』と！

『ゲニンにおされた、ちょームカつく！』と、紘《ひろ》にメールを送ったとたんに、電車がすべりこんできた。

ドアと座席《ざせき》のあいだのすみに、からだをもたせかけながら、生徒手帳のページを写真に撮《と》って送った。

『おお、これがうわさの赤毛証明《しょうめい》か！』

紘《ひろ》からは、能天気《のうてんき》な返信が来て、さらにムカついた。

『ふつうじゃないって、印おされたんだよ！　毎朝、これを見せて校門くぐるんだよ』

『なんか、カッコいい、警察手帳《けいさつてちょう》みたいでさ』

『バカ！！！』

ああ、あいつになんか、いうんじゃなかった。

空《あ》いたはしの席に、どかりとすわった。

香川紘《かがわ》は、あたしの幼《おさな》なじみで、中学二年生。同じ学園の一年先輩《せんぱい》。

紘は、生まれたときから両下肢欠損《りょうかしけっそん》でひざから下が両足ともなく、車いす生活をしている。

三《み》つ葉《ば》学園には車いすバスケット部があり、家から車いすにのり十五分で通えるので、中学受験をして入学した。

母たちが中学校からの親友で、姉妹みたいに仲がいい。家族ぐるみで旅行したり、食事会したりして、あたしと紘は生まれたときから、ずっといっしょにあそんでいた。ケンカばかりしているけど、兄妹みたいなもので、なんでもいいあえる気のおけない仲だ。

もともと、紘《ひろ》が通っているので、あたしは、電車にのって五駅先の三《み》つ葉《ば》学園を選んだというわけ。

紘からは、「それなりに楽しい学園生活」だときいていて、入学したらなるほど「それなりに」楽しんでいたけど、「外見」に関する校則《こうそく》だけは、きびしかった。

制服《せいふく》のみだれ（スカート丈《たけ》とか、ズボンのはばとか）はもちろんのこと、男女問わずの化粧《けしょう》、まゆをそってもNG《エヌジー》。そして頭髪《とうはつ》について。髪《かみ》をそめたら、翌日《よくじつ》真っ黒にそめてこなければならない。それだって、結局そめるのでしょう、ということなんだけど、とにかく、毎朝校門で、頭髪色彩《しきさい》チェックがおこなわれる。

そのチェックマンが、学年主任《しゅにん》で専科《せんか》は国語のゲニンこと山崎源太《やまざきげんた》先生。

授業《じゅぎょう》では、芥川龍之介《あくたがわりゅうのすけ》の『羅生門《らしょうもん》』についてよく語る。

教科書にのってないのに、わざわざその短編《たんぺん》をコピーまでして解説《かいせつ》する。

「この作品には、時代をこえたメッセージ性《せい》がある」そうで、『下人《げにん》の心情《しんじょう》こそが、ニンゲンの奥底《おくそこ》にひそむシンリ（心理）、そしてシンリ（真理）である』などと、ダジャレのようなことを板書する。

下人《げにん》というのは召《め》し使《つか》いのことで、羅生門《らしょうもん》の主人公がこの下人だ。

ほかの作品の解説《かいせつ》にまで、下人をもちだすので、いつの間にか、ゲニンとあだ名がついた。もちろん本人は知らない。

とにかく、ゲニンは、頭髪《とうはつ》のチェックには余念《よねん》がない。

これって、下人が見た〈老婆《ろうば》が女の遺体《いたい》から髪《かみ》の毛《け》をぬくという行為《こうい》〉に関係があるのだろうか？

そんなことを考えて、ゲニンの顔を見ると、テニス焼けらしい黒光りした額《ひたい》に深くきざまれたしわなどが、主人公の下人のような気もしてきて、そらおそろしくなってくる。

あたしは思わず、自分の髪の毛をかくすように両手でおおった。いや、髪の毛をぬくのは老婆で、下人がぬくわけではないのだが。

あたしの髪の毛は、生まれながらの茶髪《ちゃぱつ》。

両親そろって純《じゅん》日本人で、どちらも黒髪《くろかみ》だが、どういうわけか、あたしだけ髪の毛の色素《しきそ》がうすく、日にすけるとけっこうな赤みをおびた頭髪だ。

自分って、この両親から生まれた？　とちょっとうたがったことがあったけど、小さめの丸顔に、どんぐり眼《まなこ》は、母そっくりだし、だんごっ鼻、片《かた》えくぼが出るところ、歯ならびは父そっくりだし、どう見ても、ミックス作品とみとめざるをえない。そのふたりから生まれたお姉ちゃんは、お父さん似《に》のちょっと天然パーマのある黒い髪《かみ》だ。

「あんたのひいばあちゃんが、茶髪《ちゃぱつ》だったらしいよ」

と、母がいっていたが、とうに他界して会ったこともないから、さだかではない。けれど、どこかのDNA《ディーエヌエー》をひきついだらしい。

しかし、十三年間、この細くて赤茶色い髪の毛にコンプレックスをもったことは一度もなかったし、それでいじめられたおぼえもない。

それなのに、ゲニンが毎朝、「そめているなら黒髪にもどしてこい」というたびに「これは生まれつきです」といいかえすのも面倒《めんどう》なくらい、くりかえしてきた。

それで、担任《たんにん》のオカッチこと岡部《おかべ》よしみ先生に相談したところ、

「生まれつきです、という証明《しょうめい》の印があるから、それを生徒手帳におせば、もうなにもいわれないわよ。それを見せるだけですむから」

と教えてもらった。

早速、生徒手帳をゲニンに渡《わた》すと、放課後、この『赤毛証明』の印を、どでんっ！　とおされて返ってきたというわけ。

こんなにすごいと思っていなかったもの……。

駅でおりて、すぐに家に帰る気にもなれず、児童公園に立ちよった。

つい最近、小六まで、乗っていたブランコにすわる。

となりに建つ児童館からは、子どもたちの甲高《かんだか》い声がきこえてくる。

あたしも、よくあそこで友だちと工作やゲームではしゃいだっけ。

どこにでもある光景を思いうかべながら、ゆらゆらとこぐともなく動かしていたら、むなしい気持ちがこみあげてきた。

「あたしって、ふつうじゃないのかなあ……」

いつの間にか、つぶやいていた。

ん？　ふつうって、なんだろう？

中ぐらいの家庭で、中ぐらいの成績《せいせき》で、中ぐらいの容姿《ようし》で、中ぐらいのセンスと人気で……。中ぐらいが、ふつうってこと？

それって、熱くも冷たくもない、ぬる〜いお風呂《ふろ》みたいに感じる。おいしくもまずくもない料理みたい。

だけど、ふつうっていうことで、まもられている気もする。出る杭打《くいう》たれるっていうじゃない、出なければ打たれないし……。やっぱり、ふつうっていうことが安心なのかもしれない。


「ねえ、ふつうって、なんだと思う？」

夕食のとき、家族にきいてみた。

お姉ちゃんが、すぐにこたえた。

「特別でも異常《いじょう》でもないってことじゃない」

間髪《かんはつ》なしで、お母さんがいう。

「そこまでじゃなく、可《か》もなく不可《ふか》もなくってことじゃない」

お父さんがぼそりといった。

「平均的《へいきんてき》ってことだな」

なんか、みんな、ふつうの答えなんだよね。

きいてもむだだったな、と思っていると、お母さんから逆《ぎゃく》にきかれた。

「めぐ、なんで、そんなこときくの？　なんか、あった？」

そこで、『赤毛証明《しょうめい》』がおされたことを話して、生徒手帳を見せた。

「それって別にふつうじゃない。うちの学校だって『地毛証明《じげしょうめい》』っていうのがあるよ。こんなにでかい判《はん》じゃないけど」

公立中学校に通っているお姉ちゃんが、すぐにつっこんできた。

え？　そうなの？

「だけど、ちょっと、『赤毛』ってこんなに大きく、しかも、赤い印って。それは、行きすぎじゃない。お母さん、明日、岡部《おかべ》先生に話に行くよ」

そういうキャラじゃないお母さんがいうから、あわてた。

「いや、オカッチが、そのほうが面倒《めんどう》がないからってすすめたんだから、もういいよ。絶《ぜっ》対《たい》に、学校に来ないでよ。そんなことより、このあたしの赤毛が、ふつうじゃないのか、ってことをきいてるの！」

すると、三人が声をそろえた。

「ふつうだよ」

ああ、だったら、なんで、ふつうじゃないことにされちゃうわけ？

なんかムカつきが増長《ぞうちょう》された。

翌朝《よくあさ》。

「おっはよ」

教室に入ると、クラスメイトのサワちゃんがよってきた。

沢口早和《さわぐちさわ》、その名のとおり、さわやかサワちゃんだ。

「おはよ」

「ん？　めぐ、どうした？　今朝《けさ》、きげんわるそう」

サワちゃんは、入学してすぐに意気投合しただけあって、すぐにあたしの気持ちの変化に気がついてくれる。

「ん。これ、今朝から見せて登校することになった」

あたしは、生徒手帳の『赤毛証明《しょうめい》』を見せた。

「なんじゃ、これ!?」

目を丸くしている。

「ね、なんか、いやだよね。ふつうじゃないよね」

あたしがそういうと、サワちゃんは、うんうんとうなずいた。

「だね。めぐの髪《かみ》の毛《け》なんて、ちょっと赤茶系《あかちゃけい》なのに、こういう判《はん》をおされることが、異《い》常《じょう》だよ。そういうところは、うちの学校が、異常《いじょう》」

「でしょう！　ふつうなのに、ふつうじゃないっていわれている気がするわけ」

「ん。ムカつくね」

サワちゃんは、天然のくるりんとあがったまつげをパチンとまばたきさせた。

なんか、ようやく味方を得たり、という感じ。

ん？　ちがう。サワちゃんのいうことは、昨日のうちの家族の会話とあまりかわらない。

なのに、サワちゃんにわかってもらえただけで、なぜか安心してくる。

「だけどさ、めぐ」

サワちゃんが、急にまじめな顔で、のぞきこんできた。

「ふつうとか、ふつうじゃないって、なんなんだろね？」

サワちゃん、どうした？　いつになく真剣《しんけん》にきいてくるけど。

あたしは、戸惑《とまど》いながら、返した。

「だから、ふつうって、異常の反対ってことかな」

「異常の反対って、正常じゃないの？」

「あ、そうか。え？　じゃあ、ふつうって、正常ってこと？？」

「じゃあ、ふつうじゃないって、正常じゃないってこと？」

押《お》し問答《もんどう》がつづいたあと、サワちゃんが「ちょい待ち」と、自分の机《つくえ》から国語辞典を出してきた。

サワちゃんは、言葉さがしが好きだ。なんでもかんでも、わからない言葉に出会うと、すぐ辞書をひく。これは、母親ゆずりらしい。

こんなのスマホで調べれば、二秒でわかるのに、とにかく、サワちゃんは、国語辞典にこだわる。どうしてだろう？

「ふ、ふつう」

さがしあてた欄《らん》を読みあげた。

『ほかの同種のものとくらべて特にかわったところがなく、ありふれていること』

「ありふれている？」

「ん、そう書いてある」

「ふーん」

なんか、ふつうがいいことだと思っていたけど、少しつまらなくも思えてくる。

「ねえ、めぐ。あたしって、ふつうなの？　ふつうじゃないの？」

逆《ぎゃく》にきかれた。

「サワちゃんは、ふつう……かな？　でも、ありふれていないけど……」

なんだか、うまくこたえられない。サワちゃんがふつうかどうかなんて、考えたことないもの。

「あたしさ、シングルマザーに育てられているじゃない。しかも、うちのハハオヤって、夜の商売じゃん」

先週、サワちゃんの家へ遊びにいったときに会った、お母さんの顔を思いうかべた。ミワコさんという名前だ。

四十五歳《さい》のうちの母にくらべて、年齢《ねんれい》が同じくらいなのに、ミワコさんはとてもはなやかで三十代そこそこに見えた。化粧《けしょう》が洗練《せんれん》されているのと、最近はやりのT《ティー》シャツを着ていたせいかもしれない。

夜の繁華街《はんかがい》で、スナックの雇《やと》われママさんをしているときいていた。職業柄《しょくぎょうがら》、若々《わかわか》しくしてないといけないのかも。

話し方も、明るくてフランクで、サワちゃんと姉妹みたいで、ちょっとうらやましかった。

だけど、サワちゃん、なんでまた、ミワコさんのこと出してくるわけ？　そういう境遇《きょうぐう》が、ふつうじゃないって、いいたいわけ？

わたしが、ん？　って顔をしたのを察したのか、サワちゃんはこういった。

「いや、シングルマザーとか、そのママがスナックのママだとかって、よくある話だよね」

「うん、そう思う」

「そうだよね。特別じゃないよね」

「ん、特別じゃない。あ、ふつうって、特別じゃないってこと？」

「ところが、ハハオヤは、『わたしたちは、特別なのよ』っていうんだ」

「へ？」

どういう意味だろう？

もっときこうとしたら、始業ベルがなり、オカッチが入ってきた。

2 これがふつうだから

帰りの学活がおわったとたん、あたしは、サワちゃんに背中《せなか》をおされて、担任《たんにん》のオカッチをつかまえた。

「先生、これ見て」

あたしにかわって、サワちゃんが、生徒手帳の『赤毛証明《しょうめい》』のページを見せた。

「ついにおされたね」

オカッチは、まゆをひそめて、ああ、って顔をした。

「ひどくない？」

あたしがいうと、オカッチは、あたりまえのようにこたえた。

「仕方ないよ。これがうちの学園のふつうなんだから」

ええええ？

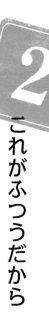

あたしは、声にならなかった。となりに立つサワちゃんも、口をぽかんとあけている。

年齢《ねんれい》はうちの母くらいのおばさんだけど、ものわかりのいい、フレンドリーな話し方で、距離《きょり》が近いと思っていた、担任《たんにん》、オカッチ。

でも、やっぱり、三《み》つ葉《ば》学園という組織《そしき》の一員であることは、厳然《げんぜん》たる事実なのだ。

「オカッチも、フツーのセンセだったね」

教室を出ていくオカッチの背中《せなか》を見ながら、サワちゃんがぽつりといった。

「つまり、毎朝、これを見せないと校門をくぐれないというわけ。通行手形ってこと？」

しかも、オカッチの話によると、三つ葉学園中学では、現在《げんざい》、あたしたったひとりがおされているそうだ。

「なんか、江戸《えど》時代の関所みたいだねえ。やっぱり、おかしいよ」

サワちゃんが、『赤毛証明《しょうめい》』のはみだしそうなゴム印のあとをにらんでいる。

「ゲニンは、現代《げんだい》に生きてないよ」

時代錯誤《じだいさくご》もいいところだ。

それをフツーだといいはるこの学園もおかしい。差別だ、差別だ！

ムカムカするけど、オカッチですらあの言い方じゃ、ゲニンや校長が取り消しにすることはまずないだろう。

あたしは、ふつうレベルのこの学園の中で、ふつうのクラスで、ふつうに中学校生活していたはずなのに。

クラスをぐるりと見まわした。

部活や帰宅《きたく》で、のこっているクラスメイトはまばらだ。

「メッチャヤうけたー」

べったり仲よしコンビのユカとアズサが、昨日のバラエティ番組のことで、じゃれあうように大笑いしている。

スカート丈《たけ》は、ひざ上二〇センチ以上。「ひざがかくれる長さ」といううちの学園の規《き》定《てい》にはるかに違反《いはん》している。

それでも、オカッチはなにもいわない。ユカとアズサともフレンドリーに話すけど、短いスカートのすそについてのおとがめはいっさいなし。

ユカたちは、朝校門をくぐるときは、規定の長さのスカートで、ゲニンの前をスルーする。そのあと、トイレで三回もウエストをまくりあげて、教室に入ってくる。光るリップやチークをつけているときもある。

それでオーケーなのに、あたしは『赤毛証明《しょうめい》』だ。

毎朝、生徒手帳の印を見せて校門くぐるのなんて、ほんといやだ。学校来るのがつらくなりそう……。

登校拒否《とうこうきょひ》という文字がふとうかんだ。

そういえば、吉川《よしかわ》さん……。

廊下側《ろうかがわ》の真ん中の席を見る。

おとなしい、存在感《そんざいかん》のうすい、吉川ルリの席だ。ゴールデンウイーク明けから、ずっとすがたが見えない。うわさによれば、ときどき、保健室《ほけんしつ》登校しているらしいが、教室にはいっさい来ない。

彼女《かのじょ》は、ショートの黒髪《くろかみ》だし、服装《ふくそう》もビジュアルもすべてが地味で、規則《きそく》をやぶるタイプではないだろう。だから、校則《こうそく》のことで不登校になるはずはない。

なにがあったんだろう?

ちょっとだけ気になる。

「ねえ、めぐ、紘《ひろ》さんのバスケ見に行かない?」

急に、サワちゃんがいいだした。

「ああ、今日、水曜日か。いいけどさ」

毎週水曜日は、体育館で、車いすバスケットの練習がある。学園には、車いすバスケットの選手が、紘《ひろ》をふくめて三人しかいないので、社会人や大学生の選手もくわわり、練習がくりひろげられる。

「こういうむしゃくしゃしたときは、紘さんのロングシュート見るとスカッとするよ、きっと」

「そうかねえ」

あたしの気のない返事におかまいなしで、サワちゃんの声ははずみをつけてきた。

「紘さんて、ちょーカッコいいよね～」

「そうでもないと思うけど」

「いんや、カッコいい。めぐは、幼《おさな》なじみで、ずっと知ってるから、あのカッコよさに気がつかないのよ。あのボールを一心不乱《いっしんふらん》に追いかける、まなざし！　うあ、たまんない」

サワちゃんは、一度、あたしと車いすバスケットの試合を見た日から、紘の大ファンになったらしい。

「行こ、行こっ！」

サワちゃんに手をひっぱられるようにして、体育館に行った。

「こっち！」

「行け――――！」

とびらをあけたとたんに、声がひびいた。

キュイーン、ガシャンガシャンッ、ガツーン。

ひとつのボールを追いかけて、ぶつかりあう車いすの音は、すさまじい。

紘《ひろ》が、ハの字の車輪をあっちこっちとターンさせて、ボールをうけとった。

いっきにドリブル、そして、ゴールへシュート。

シュバッ。

「ナイスシュート！」

両足がないのは、紘ひとりだけだ。

三年生のふたりは両足はあるが、半身まひで車いすにのっている。助《すけ》っ人《と》で来てくれている高校生や大学生もいて、やはり半身まひや病気で片足《かたあし》に義足《ぎそく》をつけている人もいる。

唯一《ゆいいつ》社会人の瀬田《せた》さんは、交通事故《こうつうじこ》で十年前に片足を失い、それからプロの車いすバスケットチームに入った。この人が、コーチもかねている。

車いすバスケットボールの基本《きほん》ルールは、一般《いっぱん》のバスケットボールと同じ。ただ、障害《しょうがい》の差によって持ち点がかわり、チームの持ち点合計が同じとなるように、それぞれメンバーを構成《こうせい》しなければならない。これは、障害の重い選手も軽い選手も平等に試合に出場できるためだそうだ。

軽度でもかならず競技用《きょうぎよう》の車いすにのることはもちろんだが、車いすをたくみに操作《そうさ》してパスワークをくりひろげて、ゴールを決めていく。

そのなかで最年少の紘《ひろ》は、特に車いすの操作が細やかですばやい。

車いす同士ではげしくぶつかりあうと、タイヤがこげたようなにおいがすることがある。

あたしは、紘のおかげで、小学生のころからこの競技を観戦しているから、その迫力《はくりょく》のすごさはわかっている。

ふつうの車いすとはちがって、タイヤがハの字型の競技用《きょうぎよう》車いすは、軽くてすごいスピードが出る。

紘にのらせてもらったことがあるが、ターンがすぐできてしまうのでころびそうになり、こわかった。

あんなのにのって、猛《もう》スピードでボールを追いかけたり、ぶつかりあったりするって、とんでもなく危険《きけん》に感じる。

生まれながら両足のない紘《ひろ》にとっては車いすが自分の足なので、小学校五年生ではじめた車いすバスケットボールには、すぐなじむことができ、どんどんうまくなっていった。

高校生・大学生と社会人で組まれた車いすバスケットボールチームに、紘は中学生でただひとり合格《ごうかく》して、メンバーになっている。毎週土、日曜はそのチームの練習があるが、水曜日の車いすバスケットボール部の部活では、生徒以外にも体育館を学園が提供《ていきょう》しているので、こうして来られるチームメイトが来て紘たちと練習をしているのだ。

「おう、応援《おうえん》か？」

声をかけてきたのは、紘のクラスメイトのマモさん。

佐藤守《さとうまもる》ことマモさんは、車いすではないバスケットボール部の部長だ。水曜日は、自分の部活がないのに、審判《しんぱん》したり、フットワークにくわわったり、ときには、みずから車いすにのっていっしょに練習試合をしたりしている。

紘といちばん仲がいい。やさしくて、よく気がきく人だ。段差《だんさ》のあるところなど、すぐさま、手をかしてくれている。

「マモさん、紘《ひろ》さんって、マジカッコいいですよねえ」

サワちゃんが、ため息まじりでいうと、マモさんがちょっと間をおいてから、いった。

「ん。紘、すごいだろう。ふつうじゃない、って思わせないもんな」

ふつうじゃない？

あたしは、その言い方が気になった。


紘の部活がおわり、マモさんと紘が帰るのを待って、四人で校門を出た。

当然ながら、紘は車いすを自分でおしている。マモさん、紘、サワちゃん、あたしというならびで、広い歩道で一列になって歩く。人とすれちがうときは、自然にだれかがうしろにさがるようにしている。

「紘さん、今度の試合はいつですか？　どこですか？　見に行ってもいいですか？」

サワちゃんは、矢継《やつ》ぎ早《ばや》にきいている。

「土曜日、練習試合だけど、市民体育館であるよ。十時から」

紘がこたえると、食いつきぎみにサワちゃんは、いった。

「行きます！」

サワちゃんは、紘《ひろ》のことマジ好きみたい。

「あのさ、紘は、自分はふつうだとか、特別だとか、思うことある?」

赤毛証明《しょうめい》のことをひきずっていたあたしは、さっきのマモさんの言葉も気になって、唐突《とうとつ》にきいてしまった。

「なんだよ、急に」

車いすをおしながら、紘があたしの顔を怪訝《けげん》そうに見あげた。

「あ、ごめん。あたし、赤毛証明の件《けん》で、『ふつうってなんだろう?』って考えてしまって」

あたしがそういったとたんに、マモさんが切りこんできた。

「おいおい、めぐちゃん。それは失礼じゃない、たとえ幼《おさな》なじみだって」

え、マモさん、さっき、紘のこと「ふつうじゃない」っていってたよね。

でも、面と向かって紘にきくのは、失礼なことって意味?

思わず、「ごめん」というと、紘は笑った。

「別にいいよ。これが、おれのふつうだから」

あ、なんか、カッコいい。

車いすの座席《ざせき》の三分の二まで切れている紘《ひろ》の両足。今だって、通りゆく人が、ちらっと目線を向けている。

お母さんに、「小学校低学年のころは、紘くん、足のことでいじめられたりしたみたいだよ」ってきいたことがある。

あたしは、生まれたときから、ひざから下のない紘しか知らないから、それがたしかにふつうだった。けれども、紘は、「ふつうだから気にしてない」と前からずっと思っていただろうか？

「これが、おれのふつうだから」とさらりといえる紘になったのは、いつからだろう？

あたしがそんなことを考えているうちに、紘は、バスケのことや、昨日食べた超《ちょう》ビッグなハンバーガーのことなどを話して、サワちゃんやマモさんと笑いあっている。

紘の笑顔を見ていると、少しだけ、もやもやがうすくなっていく。

「じゃあ、またな」

駅近くの交差点で、紘はあたしたちに手をあげたあと背《せ》を向け、家のほうに車いすの向きをかえた。

「明日ね」

紘《ひろ》と別れたあたしたち三人は、駅の改札へ向かった。

サワちゃんと電車にのりこむと、マモさんものってきた。

「あれ、マモさん、この電車じゃないでしょ」

マモさんは、同じホームの向かい側の路線のはずだ。

「うん、今日、こっちによるところがあるんだ」

やさしい笑顔を向けながら、マモさんはつづけた。

マモさんは、中学生とは思えないほど大人びたところがあって、貴公子《きこうし》みたいな顔で微《び》笑《しょう》する。あたしみたいにぐちゃっとくずれた顔で笑うことはない。

「おれも、土曜日の試合見に行くよ」

紘の試合にマモさんも行くらしい。

「マモさん、毎回行っているんでしょう？」

あたしがきくと、

「おれ、紘もバスケも好きだから」

と、マモさんは笑った。

さらっといえるマモさんは、ほんとうに紘の親友なんだなあ。いい関係だと感心する。

「紘《ひろ》さん、またきっと大活躍《だいかつやく》でしょうねえ。楽しみですねえ」

サワちゃんが、自分のことのようにうれしそうに話す。サワちゃんの心のなかは、紘一色なんだね。

「おわったらさ、紘もいっしょに、四人でお茶しない？」

マモさんが、いきなりお茶にさそってきた。

男の人といっしょにお茶するなんてはじめてだ。紘とは幼《おさな》いころから、しょっちゅうジュースのんだりしていたけど。

「ええ、紘さんと！　行く行く、行きます！」

サワちゃんは、紘とお茶できることにはしゃいでいる。

「じゃあ、カフェ・ヒーローにしません？　市民体育館にも近いし」

あたしがマモさんにいうと、「いいね」と、マモさんはうなずいた。

すると、サワちゃんがききかえした。

「カフェ・ヒーロー？」

「ちょっとダサい名前だけど、紘の両親がやっているお店なの。もちろん、バリアフリーで、車いすもオーケーだし」

「ええ！　紘《ひろ》さんのご両親のお店！　行きたい行きたい！」

サワちゃんは、人目も気にせず、ゆれる電車のなかで、ぴょんぴょんとびはねている。

あれ？

はしゃいでるサワちゃんを、マモさんが貴公子《きこうし》の顔でずっと見つめている。

3 赤毛でなにがわるい

「やっぱり、ゲニンに直談判《じかだんぱん》するわ」

翌朝《よくあさ》、あたしは、決心した。

こんな証明《しょうめい》、どう考えても納得《なっとく》いかないからだ。

「ガツンといってやりたい」

「ガツンとね」

サワちゃんは、にっこりうなずいた。

「じゃあ、あたしもいっしょに行くよ」

サワちゃんは、あたしの手をぎゅっとにぎってくれた。

昼休み。職員室《しょくいんしつ》をたずねると、ゲニンは、自分の机《つくえ》の上にある弁当《べんとう》をしまっていた。

ジャー型のけっこう大きな弁当箱。ほかほかのご飯やみそ汁《しる》なんかも入るやつ。奥《おく》さん、料理上手なのかも。などと一瞬《いっしゅん》にして思ってしまってから、おっと、大事なことをいいに来たんだ、とはっとする。

「あの、ゲ、いや、山崎《やまざき》先生」

「なんだ？」

下から見あげるゲニンの目は、にらんでいるようでこわい。

急に、背中《せなか》に力が入る。うしろにサワちゃんがぴったりついてきてくれているのが、救いだ。

「これなんですけど」

あたしは、生徒手帳の『赤毛証明《しょうめい》』のページを見せた。

「それがどうした？」

「これをおされて、わたしは生まれながらの赤茶色の髪《かみ》だって、もうわかったんだから、毎朝いちいち見せる必要ってあるんでしょうか？」

ゲニンは、いすをくるっとまわすと、あたしに向きあった。

「規則《きそく》だからな」

やっぱり、このセリフ。大人って、どうして、理由を「規則」だけで片《かた》づけてしまうのだろう。

サワちゃんが、あたしの背中《せなか》をやさしくさわった。とたんに、「背中をおされた」気がした。

「おかしいです。なんか、関所で毎回NG《エヌジー》出されているみたいで、朝からゆううつになります」

「関所でNG?」

まゆをひそめながらも口もとが苦笑している。国語的にまちがっているとでもいいたいのだろう。

サワちゃんが、背中をこぶしでつんとおした。

そうだ、ガツンといわなくちゃ。

「だいたい、『これは生まれつきです』のひと言《こと》でいいわけじゃないですか。それを、こんなデカくて赤いハンコおされちゃって。なんか、おまえはふつうじゃない、へんな子だっていわれているみたいです!」

「それはちがう」

ゲニンは、きっぱりといった。

「赤毛でなにがわるい。もっとほこりをもてよ」

へ？　意味がわからない。つかの間、あたしはゲニンの黒光りした顔をただ見つめた。

ゲニンは、まっすぐにあたしの目を見返してきた。


その夜。お風呂《ふろ》あがりに、洗面台《せんめんだい》の前に立ち、洗《あら》い髪《がみ》にドライヤーをあてていた。

鏡にうつるあたし。ゆるい照明の下、セミロングのぬれた髪は、茶髪《ちゃぱつ》だけどそんなに赤く見えない。

でも、昼の日の光にかざすと、光沢《こうたく》のある赤いベルベットのように見えてくる。

「お客さま、今日は三《み》つ編《あ》みにしますか？　それとも、ロングでリボンにしますか？」

幼《おさな》いころ、姉はあたしの髪の毛をときながら、美容師《びようし》さんごっこをするのが好きだった。

「めぐだけずるいよ。キャシーちゃんみたいにかわいい髪の毛で！」

祖父《そふ》が外国のお土産《みやげ》に買ってくれたお人形みたいでいいな、と姉からよくいわれた。

きらいじゃなかった、この髪の毛。

それなのに、あの『赤毛証明《しょうめい》』のせいで、ありのままの自分をみとめられなくなっている。

『赤毛でなにがわるい』

ゲニンの低い声がよみがえる。

少しだけ白髪《しらが》がまじった、ザ・日本人という髪《かみ》の毛《け》のゲニンに、なにがわかるというのだ！

ドライヤーの出力をアップして、髪の毛をぐしゅぐしゅともみこんだ。

鏡のなかで、成長したキャシーちゃんが、にらんでいる。


「かんぱーい！」

となりの円卓《えんたく》では、瀬田《せた》さんたちのにぎやかな声がひびいている。

土曜日。紘《ひろ》たちの練習試合がおわって、あたしたちは、カフェ・ヒーローにやってきた。

「紘さ、僅差《きんさ》で勝ったからよかったものの、あのフリースローのミスはいただけなかったね」

マモさんが、さっきから、紘にダメ出しをしている。

「だいたいさ、紘、今日はあたりが弱かったぜ。あの試合は、大差で勝てる試合だったのに、いつものおまえの実力出せなかったから、あぶなくなったんだ」

ふだんは、ふざけあったりしているマモさんも、バスケのこととなると、こんなに熱くきびしくなるんだ。

どんなにきつい言い方をされても、紘《ひろ》は、

「だよな～、おれもそう思う、反省」

などと、明るくこたえている。

だけど、試合がおわって、チームで三十分も反省会していたはずだから、反省しきっているはずだ。もういいんじゃない？

となりで、ビールをのみはじめたコーチの瀬田《せた》さんだって、カフェに来てからいっさい今日の試合の反省点なんて口にしていない。

「はい、オムライス」

紘のお母さんであるおばちゃんが、まだ湯気の立つオムライスを四つはこんできてくれた。

ここのオムライスは、ふぁわっとして、口に入れるととろけるサイコーの味だ。

「ちょーおいしい！」

早速口にしたサワちゃんは、色白の顔までふわとろにしている。

「マモくん、いつもありがとうね。紘《ひろ》の力になってくれて」

おばちゃんは、マモさんに水のおかわりを注ぎながらいった。

「スポーツショップでも、からだはってくれたんだってね」

おばちゃんが、おがむように片手《かたて》を顔の前においてお礼をしている。

ああ、なんか、スポーツショップで、紘をからかった高校生に立ちむかってくれたと、きいたことがある。

「いえ、ぼくは、紘の親友ですから。あたりまえのことをしただけです」

マモさんは、手を自分の顔の前でふりながらこたえている。

おばちゃんがキッチンへもどると、オムライスをほおばりながら、マモさんはまた、紘にダメ出しをはじめた。

サワちゃんは、そんなことおかまいなしに、オムライスをひと口食べるたびに、紘をちらっと見ては、ひとりで満足そうにほおをゆるめている。

あいかわらず、笑ってうなずいている紘。

ほんとうはくたくたにつかれて、もういいよ、って思っているんじゃない？

サワちゃんだって、ほんとうは、もっと楽しく四人でオムライスを食べたかったはずだ。

はじめて男の人と「お茶する」はずだったのに。

マモさん、もう少し、空気読んでよ。

心のなかでいってみる。

でも、なにをいわれても、うんうん、とうれしそうにうなずく紘《ひろ》を見ていると、本人はむしろありがたがっているのか、と思いなおす。

親友って、こういうもの？

それに、サワちゃんの幸せそうな顔を見ていたら、ひとりで気をまわしすぎたことがばからしくなった。

もうひと口、オムライスを食べる。

とろっとした卵《たまご》が、酸味《さんみ》のあるチキンライスととけあって、絶妙《ぜつみょう》のハーモニーが口のなかにひろがっていく。

ぐちゃぐちゃと考えるのは、もうやめよう。

あたしは、最後のひと口分のオムライスを、スプーンで丁寧《ていねい》にすくった。

4 特別な存在《そんざい》

明日から夏休み。帰宅《きたく》して着がえると、あたしは、いそいそとお泊《と》まりセットをリュックにつめこんだ。

「行ってきまーす！」

玄関《げんかん》をとびだそうとするあたしに、「これ、サワちゃんちにもっていって」と、お母さんがあわててキッチンから出てきた。

「くれぐれもよろしくね」といいながら、近所でちょっと評判《ひょうばん》のプリンが入った袋《ふくろ》を手渡《てわた》してきた。

「サンキュー。行ってくるねー」

あたしは、心はずませ、サワちゃんの家に行った。

今日から三日間、サワちゃんとあたしの「課題対策《かだいたいさく》強化合宿」。

週に一回だけのゆるゆる文芸部所属《しょぞく》のあたしたちは、夏休みは部活が一日もない。

そこで、あたしたちは、夏休みのはじめとおわりの三日間は、たがいの家に泊《と》まって、いっしょに、夏休みの課題の「計画案」を練り、「仕上げ」をすることを決めた。はじまりの三日間はサワちゃんの家で。仕上げはあたしの家で。

こういう大義名分《たいぎめいぶん》を打ちだすと、親たちは反対できない。

「あたしらって、けっこう頭いいよね」

「うん、かなりいい」

棒《ぼう》アイスをなめながら、あたしたちは、この強化合宿の計画実行に満足していた。

「しかしさ、ゲニンは、『羅生門《らしょうもん》』にある下人《げにん》の心情《しんじょう》こそが、ニンゲンの奥底《おくそこ》にひそむシンリとかっていってたけど、あの物語、サイテーだよね」

あたしがふと思いだしていうと、サワちゃんもうんうん、とうなずいた。

「あの下人ひどすぎ。結局、老婆《ろうば》の身ぐるみはいでにげるなんて！」

サワちゃんは、アイスをなめるのをちょっとやめて、ちゅんとあがった小さな鼻をふくらませた。

こういう顔もかわいいなあ、ってつくづく思う。小さい顔にこじんまりと目鼻立ちが整っているサワちゃんは、あたしのなりたかった顔をもっている。

しかも、サワちゃんの髪《かみ》は、昆布《こんぶ》みたいにつややかでサラサラなのにふわりと肩《かた》までの内巻《うちま》き。色白の小さな顔をくっきりと見せている。

いいなあ。あたしも、サワちゃんみたいな髪の毛がよかったなあ。

あたしは、思わず、自分の赤茶色の髪に手をやる。

『赤毛証明《しょうめい》』の判《はん》をおされて以来、自分の髪が気になって仕方なくなったのか、髪の毛をさわるのがくせになってしまった。

「だよねだよね。やっぱり、文芸部の結論《けつろん》どおり、あいつは鬼《おに》だ」

そんなあたしの気持ちにはまったく気がつかないサワちゃんは、黒々とした髪をゆらしながらこぶしをあげた。

夏休み前最後の部活動で、あたしたちが所属《しょぞく》する文芸部では、『羅生門《らしょうもん》』をとりあげてみんなで意見交換《こうかん》をした。

文芸部は、みんなで決めた物語一冊《さつ》を翌週《よくしゅう》までに読んできて、その感想をいいあう。ただそれだけの、ゆるい部活動だ。運動音痴《おんち》のあたしは、サワちゃんが入るから、あたしも入ろう、という単純《たんじゅん》な理由で入部した。

ゲニンが絶賛《ぜっさん》する『羅生門《らしょうもん》』をとりあげよう、といいだしたのはサワちゃんだ。いつもなら、二百ページくらいの物語なのに、あたしたちはすでにゲニンからのコピーで読んでいるし、古本屋で買ってきた文庫本も、うすい短編集《たんぺんしゅう》のなかのわずか十ページほどで、じっくり読んでもすぐおわった。

或日《あるひ》の暮方《くれがた》の事である。一人の下人《げにん》が、羅生門の下で雨やみを待っていた。

天災《てんさい》や火災で荒《あ》れはてた都の羅生門の下で、下人が雨宿りをしている。不況《ふきょう》で仕事を首になった下人は、行くあてもなければ、これからどう生きようかとほうにくれている。生きていくためには、もう泥棒《どろぼう》になるしかないのだが、その勇気もない。寝床《ねどこ》をさがして、羅生門の楼《たかどの》の上にのぼっていくと、暗闇《くらやみ》のなか、老婆《ろうば》に出会う。この老婆は、死体から髪《かみ》の毛《け》をぬいていた。

その髪の毛が、一本ずつ抜《ぬ》けるに従《したが》って、下人の心からは、恐怖《きょうふ》が少しずつ消えて行った。そうして、それと同時に、この老婆に対するはげしい憎悪《ぞうお》が少しずつ動いて来た。

寧《むしろ》、あらゆる悪に対する反感が、一分毎《ごと》に強さを増《ま》して来たのである。

老婆《ろうば》の行為《こうい》に、突然激怒《とつぜんげきど》した下人《げにん》は、老婆につかみかかり詰問《きつもん》する。

老婆は、かつらにして売るためにぬいていたとこたえる。飢《う》え死《じ》にせずに生きるためだ。毛をもらうこの死んだ女も、生きているころは飢え死にしないように阿漕《あこぎ》な商売をしていたのだから、自分の行為をゆるすにちがいない、という。

それをきいた下人は、

「では、己《おれ》が引剥《ひはぎ》をしようと恨《うら》むまいな。己もそうしなければ、餓死《がし》をする体《からだ》なのだ」

と、やせこけた老婆の着物をいきなりはぐと、それを盗《ぬす》んでにげていく。

外には、唯《ただ》、黒洞々《こくとうとう》たる夜があるばかりである。

下人《げにん》の行方《ゆくえ》は、誰《だれ》も知らない。

物語はこれでおわっている。

文芸部の先輩《せんぱい》が「下人は、人類の敵《てき》だ、悪魔《あくま》だ、鬼《おに》だ。血も涙《なみだ》もない。こういうやつが今もいるから、戦争がおきてしまうのだ」と、すごく派生《はせい》した結論《けつろん》に達したのも無理もないほど、救いのない物語だった。

「それにしても、盗人《ぬすっと》になるか飢《う》え死《じ》にするかの、究極の選択《せんたく》のなか、死人の髪《かみ》の毛《け》をぬく老婆《ろうば》にあれだけの嫌悪感《けんおかん》をおぼえた下人が、なんでまた、あっという間に心がわりしたんだろう？」

あたしは、そこがどうしてもわからなかった。

「そうだよね。あたしにもわからない」

サワちゃんは、部屋の真ん中に出してきた折りたたみ式のテーブルに、ほおづえをついた。

「ハッピーエンドの物語じゃないと、もやもやがきえないよね。ゲニンは、なんでこんな作品を『人間のシンリ』なんていうんだろう?」

あたしがいうと、サワちゃんはうんうん、と大きくうなずいた。

「同じ芥川《あくたがわ》でも、『蜘蛛《くも》の糸』とかのほうが、主人公の心情《しんじょう》とかわかりやすいよねえ」

サワちゃんはしばらくほおづえをついたままでいたが、不意に、はっと顔をあげた。

「あたし、夏休みの自由研究『下人《げにん》のシンリ』にしようかな」

「ええ、むずかしそう!」

「何度も何度も読んで、その文章から、文字面《もじづら》から、自分なりに調査《ちょうさ》してみたい。おもしろそう!」

文字さがしも本も好きなサワちゃんだけある。あたしは、そんなことちっともおもしろいと思わないし、興味《きょうみ》もまったくない。

辞書でふたつのシンリをひいたサワちゃんは読みあげた。

「心のつくシンリは、心の働きで、……真面目《まじめ》の真のつくシンリは、だれも否定《ひてい》できない普遍的《ふへんてき》で妥当性《だとうせい》のある法則《ほうそく》や事実……、か」

パタリと辞書を閉《と》じて、サワちゃんは顔をあげた。

「決めた、決めた『下人のシンリ』に決めた」

早速、計画表を書きだしたサワちゃんを尻目《しりめ》に、あたしは、ため息をついた。

まだ、なんにも決まっていない。

自由研究って、自由すぎて漠然《ばくぜん》としている。理科で習ったこととか、これから習うことかにしぼったほうが無難《ぶなん》だよね。それとも、旅行に行った先で、その土地ゆかりの偉人《いじん》とか史実をまとめようか？

ああ、でも、今のところ、夏休み後半の恒例《こうれい》の熱海《あたみ》二泊《はく》しか予定ないし……。

「あたしは、どうしようっかなあ」

いいながら、また、自分の髪《かみ》の毛《け》をさわっていた。

こんなことをしても、赤毛はかわらないのに、へんなくせがついちゃった。

ふと自分で気がついて自嘲《じちょう》した。

「身近な疑問《ぎもん》とかから派生《はせい》したものがいいよね」

サワちゃんの言葉に、うなずく。

オカッチは、『自由研究は、身近なもの、ふだんからあれ？　っと疑問《ぎもん》に思っている事《こと》柄《がら》を題材にするのもいいですね』といっていたもの。

ふだんから、疑問に思うこと……。

いつの間にかまたふれていた髪《かみ》から、手をはなした。

「赤毛証明《しょうめい》は必要か？」

サワちゃんが、ん？　って顔をした。

「……なんて、研究のしようがないね」

あたしが、横に首をふると、サワちゃんはたてにふってきた。

「いいよいいよ。それ、いいよ！」

いいかなあ？

それこそ、自由すぎて、どこからどう研究すればいいかわからない。

「ほら、めぐがこのごろ、ずっときいてくる、『ふつう』ってなんだろう？　というところから考えていけばいいじゃない」

サワちゃんの言葉が、すとんと入ってきた。

そうだ。赤毛証明の印をおされて以来、あたしのなかに突如《とつじょ》あらわれたクエスチョンの山、『ふつうってなに？？？』。考えても考えても、クエスチョンはふえていくばかりだ。

この疑問《ぎもん》からはじめてみるか。

「だけど、それって、赤毛証明の是非《ぜひ》につながるかな？」

わたしが首をひねると、サワちゃんはけろっといった。

「つなげるんだよ。そしたら、オカッチや学校にガツンといってやれるじゃん」

そうか、ガツンとね。

『赤毛でなにがわるい』

ゲニンの声がよみがえる。なんか、あのとき、あたしがガツンといわれたみたい？

ブルルと頭《かぶり》をふった。

いや、ゲニンにふつうじゃない印をおされたあたしの気持ちなんか、わかるはずがない。

「あたしから、ガツンといってやる！」

自由研究のテーマは決まった。

だけど、『ふつうってなんだろう？　からはじまる研究』ってなんだろう？

わけがわからなくなりかけたとき、サワちゃんのお母さんの声がした。

「サワ、めぐちゃん」

とびらをあけて入ってきたサワちゃんのお母さん、ミワコさんは、あざやかなオレンジ色に細かいラメの刺繍《ししゅう》がほどこされているタンクトップを着ていた。目もとにもラメがほどよく光って見えて、若々《わかわか》しく見える。

「仕事行ってくるね。特製《とくせい》のシーフードカレーつくってあるから、あたためるとき、こがさないようにね。サラダは冷蔵庫《れいぞうこ》だよ。あと、めぐちゃんちからいただいたプリン、最高においしかったよ。あたし、お先に食べちゃいました。あなたたちも、デザートにどうぞ」

お茶目に笑ったミワコさんは、サワちゃんとよく似《に》ている。

外はまだ明るかったけど、サワちゃんの机《つくえ》の上の時計を見ると、もう六時をまわっていた。

これから、スナックのお仕事に行くんだ。たしか帰りは夜中っていっていた。

「あいよ、行ってらっしゃい」とあたりまえのように手をふるサワちゃん。毎日、サワちゃんはひとりで夜をすごしているということだ。

「ねえ、このスカートで色合うかな?」

「うーん。それより、デニムのタイトのほうがいいと思うよ」

ミワコさんがきいて、サワちゃんがミワコさんにこたえる仕草は、まるで母娘逆転《おやこぎゃくてん》だ。

これがサワちゃん親子のふつうなんだろう。

「あ、そうだ、めぐちゃん」

ミワコさんが、サワちゃんと同じ長くてくるんとしたまつげでまばたきをした。

「明日、わたし休みなんだけど、夕方、K《ケー》町に三人で行かない？」

K町は、ひと駅先の繁華街《はんかがい》で、細い路地は飲み屋さんでひしめきあっている。

たしか、ミワコさんのスナックもK町にあるときいた。

「夕方ですか？」

「そう、おいしいグラタン屋さんがあるから、そこで三人でご飯食べよう」

「グラタン、大好き！」

あたしがいうと、ミワコさんは、オレンジ系《けい》の口紅《くちべに》がぬられたくちびるから、真っ白い歯を見せて笑った。

「よかった！　わたしの心の友だちのお店なの」

「心のお友だちですか？」

「そう、わたしたちは、特別、スペシャルよ、って教えてくれた友だち」

ミワコさんがそういったとたんに、

「アコさん！」

サワちゃんがさけんだ。

「アコさんに会いたい！　グラタンもまた食べたい！」

アコさんってだれ？　特別だって教えてくれた人？　「特別」って、ふつうの反対？

もしかすると、以前にサワちゃんがミワコさんに『わたしたちは特別なのよ』といわれた答えがあるのかもしれない。

「ねえ、めぐ、行こうよ！　すっごくおいしいよ！」

サワちゃんがそういうなら、行ってもいい。もしかすると自由研究のヒントになるかも。

グラタン食べたいし。

「行きます！」


翌日《よくじつ》の夕方。あたしたちはK《ケー》町にいた。

そこは、少しカビくさい路地のいちばん奥《おく》にあった。

近づくにつれ、〈グラタンの店　シャローム〉という白い木の看板《かんばん》が、ひっそりとかかっているのが見えてきた。

「いらっしゃいませ！」

ステンドグラスがはめこまれた、レトロな入り口のドアをあけると、明るい声がした。

カウンターにいすが七脚《きゃく》しかないせまさだが、やわらかい灯りにつつまれた店内。レンガの壁《かべ》と、みがきこまれたぶあつい木のカウンターテーブルに、じゅうたん生地《きじ》のワインレッドのいすがよくマッチして、なにより、香《こう》ばしいおいしいにおいがただよっている。

せまい路地のなかにある小さなとびらをあけたら、居心地《いごこち》のいい異世界《いせかい》の部屋があった、という感じだ。

「あらまあ、今日はかわいい子たちもいっしょね。ようこそようこそ」

カウンターのなかから、女の人がにっこり笑いかけてくれた。

ミワコさんより十歳《さい》くらい年上に見えるけど、浅黒い顔に真っ赤なヘアバンドがよく似《に》合《あ》う。丈《たけ》の短いデニムジャケットを着た背《せ》すじがすっとのびて、カッコいい。

「サワの友だちのめぐちゃんよ」

ミワコさんが、紹介《しょうかい》してくれると、

「よくいらっしゃいました、めぐちゃん。わたしは、この店をひらいているアコよ。よろしくね」

アコさんの笑った眼は、間接照明《かんせつしょうめい》にやさしくかがやいて、木漏《こも》れ日《び》をあびた深い湖みたいだ。

「グラタン好きが三人来ましたので、よろしく！　もうおなかペコペコです」

ミワコさんがいうと、アコさんは、「まかせて！」と力こぶをつくるまねをして、ウインクをした。

「はい、『目から鱗《うろこ》』スペシャルグラタンそれぞれ」

アコさんは、あたしたちのそれぞれの要望をきいてくれて、三通りのグラタンをつくってくれた。

あたしを真ん中にして、三人で腰《こし》かけていた。

はしにすわるミワコさんの前には、明太子とねぎとのりのせグラタン。あたしの前には、ベビーホタテたっぷりのシソとかつおぶしのせグラタン。サワちゃんの前には、焼きポテトとミートソースのせグラタン。

それぞれ、ほどよいこげめのチーズから、湯気とともに香《こう》ばしいにおいが立ちのぼっていた。

この店では、しめじ、玉ねぎ、鶏肉《とりにく》、マカロニが入ったアコさん特製《とくせい》のグラタンベースの上に、お好みの具材をのせ、これまたアコさんセレクトのチーズミックスで焼きあげる。

のりや花がつお、シソ、青ねぎなどは、最後にふりかけできあがり。

もちろんプレーングラタンのままでも、めちゃくちゃおいしいらしいが、十二種類のお好み具材をとりあわせてのせると、どれも、『目から鱗《うろこ》が落ちる』くらいおどろきのおいしさだそうだ。

そこで、三者三様《さんしゃさんよう》選んでみたというわけ。

「いただきまーす！」

アコさんの指示《しじ》どおり、スプーンの先で、シソと花がつおをざくっとまぜ、あつあつのグラタンにフウフウと息をふきかけて、口に入れた。

「ふはっ、おひひぃ！」

トッピングの花がつおとシソにほんの少しポン酢《ず》がかかっているときいて、洋風のグラタンと合う？　とはじめちらっと疑問《ぎもん》だった。でも、あっさりとろりとしたグラタンと香《こう》ばしいチーズにつつまれたホタテが、トッピングの和風の酸味《さんみ》と香《かお》りにからみあって、ホント、『目から鱗』のおいしさだ。

「ね、ね、おいひいでひょー！」

サワちゃんは、ドヤ顔を向けながら、ポテトとミートソースからとけて流れおちそうなチーズを口でうけとりながら、食べている。

ふと、カウンターの奥《おく》の壁《かべ》にある、木の額《がく》に入った個性的《こせいてき》な習字文字が目に入った。

【目から鱗《うろこ》　直《ただ》ちに彼《かれ》の目より鱗のごときものの落ちて、見えることを得《え》】


「あれって、どういう意味ですか?」

あたしがきくと、アコさんより先にサワちゃんが、こたえた。

「あたしも、なんだろうって、はじめてここに来たときいたらね。聖書《せいしょ》に書かれているサウロという人のことだって。盲目《もうもく》になったのにキリストの奇跡《きせき》で目がひらかれてね、そのとき、目から鱗のようなものが落ちたんだって」

「へえ、目から鱗って、聖書から来た言葉なんだ」

日本や中国のことわざだと思っていた。

「サウロって、どんな人?」

あたしがきくと、今度はアコさんが、にこにこしながら説明してくれた。

サウロという人は、キリスト教の迫害《はくがい》に加担《かたん》して旅をしていた途中《とちゅう》でイエス・キリストの霊《れい》に遭遇《そうぐう》する。そのとき、強い光をあびて三日間目が見えなくなってしまった。しかし、キリスト教徒の祈《いの》りによって、目から鱗《うろこ》のようなものが落ちると、見えるようになり、その後は、生き方が一転。パウロと改名して、キリスト教の伝道に生涯《しょうがい》をささげた人だと、聖書《せいしょ》に書いてあるそうだ。

「そのことが由来で、目から鱗という意味は、なにかがきっかけになって、急に視野《しや》がひらけて、ものごとの実体がよく見え理解《りかい》できるようになること。急にものの見え方が変化して、おどろくこと。と、辞書に書いてあったよ」

サワちゃんったら、前にアコさんから同じ説明をうけて、さっそく辞書で調べたんだな。これまたドヤ顔でいっているところが、ほんとかわいい。

「わたしもね、この店のグラタン食べて、アコさんと出会えて、まさに、目から鱗だったのよ」

ミワコさんは、明太子がまじりあいきれいなピンク色のマーブル状《じょう》になったグラタンを食べる手を休めた。そして、あたしに顔を向けた。

「スナックで働きだしたころ、すごくつらいことがあってね。たまたま通りかかってこの店を見つけて、ふらっと入ってみたの。グラタンのおいしさとあたたかさに感激《かんげき》したら、なんだか涙《なみだ》が出ちゃって。泣きながら食べていたら、アコさんが話しかけてくれてね。そのやさしいまなざしと声に、思わずすがりつきたい衝動《しょうどう》にかられて……。気がついたら、自分の境遇《きょうぐう》を話していたのよ」

ほほえみながら話しているけど、よほど、悲しいことがあったのだろう。

「シングルマザーは、なにかとたいへんだからね」

となりにすわるサワちゃんが、グラタンをすでに半分以上平《たい》らげながら、ひとごとのようにけろりという。

どうしてミワコさんがシングルマザーなのかは知らないけれど、ひとりでサワちゃんを産んでひとりで育てるっていうことは、きっとたいへんなことなのだろう。

自分の母親の顔が、ふとうかんだ。

サラリーマンの父の稼《かせ》ぎだけで、うちはそこそこ暮《く》らしていける家庭だ。

それでも、母は、「これからあんたたちがどっちも私立大《しりつだい》に行くかもしれないし、とにかくものいり。わたしも協力しなくちゃ」と、近所のスーパーでレジのパートをしている。

ときどきは、パート仲間とファミレスでランチをしたり、宝塚《たからづか》のチケットを手に入れて紘《ひろ》のお母さんといっしょにルンルンと出かけたり……。去年買ったスカートがきつくなったとか、もち麦ご飯ダイエットはじめたら、〇・五キロ体重へったわ、などと一喜一憂《いっきいちゆう》。平和な日々を送っているように思う。

同じ中学一年生をもつ母なのに、ミワコさんとはすごくちがう。

「あのころ、生きる価値《かち》も見失いかけていてね」

ミワコさんがぽつりといった言葉に、はっとした。

それって、死を考えたってこと？

サワちゃんがいるのに……。あたしがとなりのサワちゃんの顔を見られずにいると、サワちゃんが口をひらいた。

「なんと、あたしを道づれに死のうかと思ったんだって」

サワちゃんがそういったので、息がつまった。

さらりとサワちゃんはいっているけど、そのことを知ったサワちゃんだって、どんなに苦しい気持ちになったことだろう。いつも明るいサワちゃん。ちっとも気がつかなかった。

「そのとき、ここでアコさんに話をきいてもらって、グラタン食べて、生きることにしたんだよね」

「そうなの。あのとき、アコさんはわたしの話をじーっと最後まできいてくれてね。いっしょに泣いてくれたの。そして、こういってくれた」

うす化粧《げしょう》のミワコさんは、いつもより倍きれいなつるんとした顔でつづけた。

「よくがんばったね。がんばったあなたを見て愛してくれている人がいるよ」

アコさんはいったそうだ。

「わたしみたいなボロボロでどうしようもない者でも？　っていったら、アコさんは、『だからよけいに愛されているのよ。サウロみたいに、神さまに反発していた人だって、愛されていることがわかって、人生かわったのよ。わたしたちは、ひとりひとりが愛されているスペシャルなんだよ』って。それから、この言葉がとどめだったな」

ミワコさんは、にやっとアコさんを見て、こういった。

「今日からは、わたしも、あなたのことを愛するよ」

アコさんは、おどけるようにまぶたを見ひらいた。

「ホントのことだよ。今も、ミワコは、愛する友だし」

それで、「心の友」の店なんだ。

「とにかく、そういうことで、わたしは愛されている特別な存在《そんざい》、スペシャルだから、自分から命を絶《た》っちゃいけない。まして、愛する娘《むすめ》を道づれにしては、絶対《ぜったい》にいけない！　ってはっきりわかったの。その日からふしぎなんだよね～。前向きに、いいようにしか考えられなくなったんだから」

「それって、アコさんグラタンマジックじゃない？」

サワちゃんがそういうと、ミワコさんもアコさんも、豪快《ごうかい》に笑った。

あたしは、家族には愛されていると思うけど、愛されている特別な、スペシャルな存在《そんざい》とか……、うーん、やっぱりよくわからない。

だけど、ミワコさんやアコさんの話に居心地《いごこち》のわるさは感じない。うそがないと思うし、そのとき、ミワコさんがこの店に来られてほんとうによかった、と心から思える。

そうじゃなかったら、大好きなサワちゃんが消えていたかもしれない。

そんなの、いやに決まっている！

グラタン皿にこびりついたこげたチーズをスプーンでそぎおとして、残ったグラタンソースとまぜた。最後のひと口をゆっくりと口に入れる。

すっかり冷めていたけど、チーズの香《かお》りとクリーミーなあまさがひろがっていく。

5 ゆるすよ

体育館は、むせかえるような暑さだった。

紘《ひろ》の車いすバスケット部は、夏休みのあいだも毎週水曜日には練習をしている。サワちゃんにさそわれて、いや、つきあわされて、水曜になると、学校の体育館に見学に来ていた。

「おつかれさまでした！」

練習がおわって、ふだんの車いすにのりかえた紘に、サワちゃんがかけより、あたしもつづいた。

「応援《おうえん》ありがとう。ただ、ちょっと困《こま》ったことになった」

タオルで汗《あせ》をふきながら、紘が苦笑いしている。

「どうしたんですか？」

サワちゃんが心配そうな声を出す。

「それがさ、タイヤがパンクしちゃって」

え？　と思って車いすのタイヤを見た。

見た目はあまりかわりない。

「ほらね」

紘《ひろ》がタイヤをつかむと、すぐにへこんだ。しかも、もう片方《かたほう》もパンクしていた。

両輪ともパンクなんてありえない。だれかが故意《こい》にパンクさせた？

だとしたら悪質《あくしつ》ないたずらだ。

紘の足でもある車いす。これがないと、家に帰れない。競技用《きょうぎよう》の車いすはあるけれど、体育館など段差《だんさ》のないところ向きにできているので、一般《いっぱん》の道路を通行するわけにはいかない。

「家近いから、パンクしたままなんとか帰るよ。親父が店から帰ってきたら、なおしてもらうから」

紘はいつものように、車輪をグイっとまわした。なんとか動く。しかし、パンクしているのでスムーズには進めない。

「あたし、おします」

サワちゃんが背《せ》もたれのハンドルをとった。

少しは進むけど、サワちゃんの力では無理だ。

あたしも手伝おうとしたとき、マモさんがさっと入ってきた。

「おれがおしていくよ」

マモさんがおすと、車いすはもう少し進んだ。

サワちゃんもマモさんの左側から歯を食いしばるようにしておしていく。あたしも右側から力を入れた。両輪パンクした車いすは、けっこう重くきつい。

これで、家まで十五分の道のりをこいでいけるだろうか？　だいいち、タイヤがダメになってしまうかも。

「よいしょよいしょ」

サワちゃんが顔を真っ赤にしておしている。少しでも紘《ひろ》のためになりたいんだ。必死さがけなげだ。

校門を出たところで、車のクラクションが鳴った。

「おい、どうした？」

瀬田《せた》さんが自分で運転するワゴン車をとめて、ステッキをつきながらおりてきた。

「紘《ひろ》さんのタイヤ、パンクさせられちゃって！」

サワちゃんが、泣きだしそうな声でうったえた。

「こりゃあ、ひどい。だれだ、こんなひどいことするやつは！」

タイヤをさわりながら、瀬田さんは怒《いか》りをあらわにした。

「ひどすぎます。紘さんの大事な車いすにこんなことするなんて！　絶対《ぜったい》にゆるせない」

いいながら、サワちゃんは涙目《なみだめ》になっている。

「とにかく、紘は、おれが送っていく」

瀬田さんは、ワゴンのうしろのドアをあけて、鉄板をひきだした。紘の家の車と同じく、うしろから車いすごとのれるように改造《かいぞう》されていた。

マモさんとあたしたちは、思いきり力をこめておしあげた。

「ありがとう！　すごく助かったよ」

ドアが閉《し》まる前に、紘は、いつものようにさわやかに笑って手をふった。

走りだしたワゴン車を見送りながら、よかったあ、と安心した。

「よかった！　よかった、ほんとうによかったああ……」

サワちゃんが、とつぜん大声で泣きだした。しまいには幼児《ようじ》みたいに、しゃくりあげながら、「よかった」をくりかえしている。

かわいい。なんてストレートに紘《ひろ》のことが好きなんだろう。

背中《せなか》を軽くたたきながら、幼《おさな》い子みたいにいとおしいと思った。

「それにしても、卑劣《ひれつ》ないたずら、いったいだれがしたんだろう。ほんと、ゆるせないねえ、マモさん」

ふりかえると、マモさんはいなくなっていた。

「そうか、マモさんたちのバスケの部活は、午後からだった」

泣きじゃくるサワちゃんの背中をなでながら、つぶやいた。

翌週《よくしゅう》の土曜日。紘たちの練習試合をサワちゃんといっしょに応援《おうえん》した。今回は、マモさんは部活で来られなかった。

「やー!」

紘が声をあげたとたんに、ボールはパスされ紘の両腕《りょううで》にうけとめられ、次の瞬間《しゅんかん》にはドリブルでゴールへ向かう。

キュッ、ガッシャ、ガシャーーン！

はばむように相手の車いすがぶつかってくる。

めげずにかわして、シュート！

シュパッ！

歓声《かんせい》がわきあがる。

相手チームがすばやく、ボールを投げて、自分たちのゴールへ向かおうとする。

紘《ひろ》たちは、いっせいに追いかけ、ボールをうばいにかかる。

車いす同士がぶつかる。何度も何度も。

タイヤのこすれあうにおいがしてくる。

こげたようなにおい。

好き。

車いすがぶつかりあう音も、かけ声も、においも。

三年前からずっと見て、きいて、嗅《か》いでいる、車いすバスケットの試合や練習が、いつの間にか大好きになっていた。

試合を見ながら、そんなことをあらためて実感していた。

なんだろう、この感覚。試合を見てるだけで、血がたぎってくるようだ。

それにしても、ボールをうけとめて、ドリブルして、シュートする、紘《ひろ》のあの腕《うで》。いつの間にか、ぶっとくなっている。

幼《おさな》いころあそんだ紘は、もっとかぼそくて弱っちかったのに。魔法《まほう》みたいにぐんぐんたくましくなっていく。

今日の紘は、特にたくましく感じて、なんだかまぶしい。

こんなふうに思ったのは、はじめて。

となりに立つサワちゃんは、ずっとまぶしそうに眼を細めながら応援《おうえん》している。

サワちゃんは、毎回、こんな気分で見てきたのだろうか？

帰りに、サワちゃんとふたりで、おじさんの店、ヒーローによった。

三十分後、短い反省会をおえた紘と瀬田《せた》さんたちも合流した。

大きな楕円《だえん》のテーブルに紘たちは腰《こし》かけて、いつものように、おつかれさん、と乾杯《かんぱい》をしている。

今日の試合は、紘のロングシュートがばんばん決まり、圧勝《あっしょう》だった。

「やっぱり、勝利の味は、おいしいねえ!」

サワちゃんとあたしは四人席に向かい合わせですわって、紘《ひろ》のお父さん特製《とくせい》の二段重《だんがさ》ねのクリームソーダのアイスクリームをほおばっていた。

アイスクリームはゆっくりとけていく。あざやかな緑色のソーダにマーブルの模様《もよう》をつくりながら。

「めぐちゃん、サワちゃん、ちょっといいかなあ」

瀬田《せた》さんと大学生の鈴木《すずき》さんが、あたしとサワちゃんのとなりにそれぞれすわった。

「どうしたんですか?」

いつも笑顔がやさしい瀬田さんが、眉間《みけん》にしわをよせている。

「このあいだの、紘のパンク事件《じけん》のことなんだけどね」

「もしかして、犯人《はんにん》がわかったんですか?」

サワちゃんが即座《そくざ》にくいついた。

瀬田さんが、うん、とうなずいた。

「だれです?」

あたしたちは同時にきいた。

「この鈴木《すずき》がさ、現場《げんば》を見たらしいんだ」

あたしたちは、鈴木さんに顔を向けた。

「あの日、腹《はら》の調子がわるくて、練習中にトイレに行ったんだよ」

紘《ひろ》のふだん使いの車いすは、トイレのなりの昇降口《しょうこうぐち》にとめてあったはずだ。

あたしたちは、鈴木さんの言葉に耳を集中させた。

「そしたら、だれかがうしろ向きで、紘の車いすをさわっているんだよ」

「だれ？」

「あれ？　と思って、ちょっと立ちどまったら、横顔が、マモくんだった」

「え？」

あたしたちは、言葉が出なかった。

「マモくん、いつも紘の車いすおしてくれたりしているから、点検《てんけん》でもしているんだなって思って、そのときはそのまま、体育館にひきかえしたんだ」

鈴木さんの言葉をつなぐように、瀬田《せた》さんが口をひらいた。

「パンク事件《じけん》のあと、鈴木からそのことをきいて、おれ、マモに連絡《れんらく》してきいてみたんだよ」

「そしたら？」

ききながら、からだがふるえてくる。

「自分がやりましたって」

「ど、どうして？」

ふるえているのは、あたしだけじゃなかった。向かいにすわるサワちゃんは、くちびるまでわなわなしている。

「紘《ひろ》に嫉妬《しっと》したんだそうだ。障害《しょうがい》をもっているのに、自分よりもなんでもできるって……」

「そんな……」

そんな言いわけおかしい。あんなに親友だっていっていたのに。紘はなんにもわるいことしていないのに、むしろ、マモさんのこと、ずっと信頼《しんらい》していたのに。いくら嫉妬したからって、紘にとっては足がわりの、車いすをパンクさせるなんて！　その上、あのとき、平気な顔で、パンクした車いすをおしていた！

怒《いか》りがこみあげてきて、ふるえがとまらない。

「ひどい、マモさん、ひどい、ひどすぎる！　紘さんの心をふみにじってる！」

サワちゃんが、ぽろぽろ涙《なみだ》をこぼしながらいった。

おばさんとおじさんが、なにごとかと、カウンターから出てきた。

紘《ひろ》が、車いすで近づいて、おじさんおばさんを制《せい》するようになにかをいって、またカウンターのなかへもどしている。

「紘には、さっき話した。はじめは、びっくりしていたけど、なにもいわなかった」

瀬田《せた》さんの言葉におどろいた。紘は、知ってしまっても、平気なの？

そんなわけない。紘だって、マモさんは親友だといっていたもの。どんなに傷《きず》ついているだろう。

紘が、あたしたちのテーブルに来た。

あたしたちを見て、ちょっと首をかしげ、フーッと大きく息をはいた。いやー、まいったまいった、というジェスチャーにも見えた。

「マモさん、ひどいよね、ゆるせないよね」

あたしがいうと、紘はまゆをちょっと八の字にして泣き笑いのような表情《ひょうじょう》をつくった。

「おれ……」

紘が、ゆっくりと口をひらいた。

「ゆるすよ」

空気の流れがとまった。

6 ゲニンの子

瀬田《せた》さんの話では、マモさんは、障害《しょうがい》のあるなしにかかわらずバスケット選手としても紘《ひろ》にかなわないことをずっとみとめたくなかったそうだ。

自分はチームのキャプテンでがんばっているけど、県大会にも出られない。それなのに、紘は車いすバスケットボールのジュニア選抜《せんばつ》に選ばれたり、社会人チームからすでにスカウトされて、どんどん実績《じっせき》をあげている。

「その上、ここからが、いちばんの理由だとおれは見てるんだが」

瀬田さんは、サワちゃんに顔を向けた。

「マモはさ、サワちゃんのことが好きなんだよ」

あたしは、なんとなく気がついていたけど、サワちゃんは、え？　って顔をした。

「だけど、サワちゃんは、紘のこと好きだよなあ」

今度は紘《ひろ》が、え？　って顔をした。

サワちゃんは、顔を真っ赤にしながら、こくんとうなずいた。

どこまでもすなおになれるサワちゃん。

紘の顔もみるみる赤くなっていく。

「サワちゃんの態度《たいど》を見てれば、だれだってすぐにわかるさ。にぶい紘をのぞいてはな」

瀬田《せた》さんにどんっと背中《せなか》をたたかれて、紘はてれくさそうな表情《ひょうじょう》で汗《あせ》までにじませている。

「とにかく、マモは、好きなサワちゃんまで紘をしたっていることに、はげしく嫉妬《しっと》したんだな。本人は、最後に『サワちゃんまで……』と口をにごしていただけど。恋《こい》の嫉妬の炎《ほのお》は、こわいほど燃《も》えあがるからな」

「瀬田さんの経験上《けいけんじょう》ですね」

鈴木《すずき》さんが茶化すようにいって、瀬田さんは豪快《ごうかい》に笑った。

涙《なみだ》のすじをつけたサワちゃんまで、くすっと笑っている。紘まで笑顔になって……。

もう明るく解決《かいけつ》したみたいな雰囲気《ふんいき》。

それって、ちがうと思う。

マモさんは、はっきりと紘《ひろ》のこと、「親友だから」っていっていた。親友なのに、嫉妬《しっと》とかで、あんないじわるなことしてしまう？　いちばん大事な車いすをパンクさせる？

それじゃあ、まるで、『羅生門《らしょうもん》』の下人《げにん》みたいじゃない。

あたしは、無性《むしょう》に腹《はら》が立ってきた。

「おかしいよ、やっぱり」

あたしのひと言《こと》に、みんなの目がいっせいに向けられた。

「どんなに嫉妬したって、パンクさせるなんて。そのあとだって、平気な顔して、車いすおしていたじゃない。親友面《しんゆうづら》して、すごい裏切《うらぎ》りだよ。ありえない」

正義《せいぎ》が噴出《ふんしゅつ》してくる。マモさんの行為《こうい》は、人としてどうよ？　ということだ。

「めぐ、おれがゆるす、っていってんだから、もういいだろう。それに、マモのやつ、瀬《せ》田《た》さんに正直に自分の気持ちを話してくれたわけだし。パンクはもうなおったし」

紘、どうしてそんなに寛容《かんよう》なの？　親友に裏切られたんだよ。

「だって、紘には直接《ちょくせつ》あやまってないわけだし、かんたんにゆるせないよ。ねえ、サワちゃん」

サワちゃんにふると、サワちゃんは、ちょっと間をおいてから口をひらいた。

「あたしは、紘《ひろ》さんが無事で、もうあんな目に二度とあわなければ、それでいいと思う。紘さんが、ゆるすってきっぱりいったことだし」

なにそれ？　さっきあんなに『ひどい、マモさん』ってぼろぼろ涙《なみだ》をこぼしていたのに。つくす奥《おく》さんのセリフみたいじゃない。

たしかに、紘が「ゆるす」っていったことはカッコよかったよ。あの言葉で、瀬田《せた》さんもサワちゃんも、紘がゆるすなら、って、気持ちが軟化《なんか》したのかもしれないけど……。紘のひと言《こと》で、一瞬《いっしゅん》とまった空気は、今おだやかに流れだしている。あたしをのぞいて。

だけど、紘、そんなにかんたんにゆるせることなの？

自分だけが正義《せいぎ》をふりかざしているようで、すごく居心地《いごこち》わるい。あたしの考えって、へん？

クリームソーダを長いスプーンでガチャガチャとつつく。アイスクリームが完全にとけて、どろどろのスムージー状態《じょうたい》になっていく。

カランコロンと店のドアのベルが鳴った。

いたたまれない気持ちをふりきるように、入り口を見て、ドキッとした。

ゲニンだ。

「せ、先生！」

あたしとサワちゃんが同時に声をあげた。

「おお、堀内《ほりうち》に沢口《さわぐち》。今日は暑いなあ」

そういいながら入ってきたゲニンのあとから、ショートカットがよく似合《にあ》うほっそりとした女の人と、麦わらぼうしをかぶった五、六歳《さい》くらいの女の子がついてきた。

奥《おく》さんと子どもだろう。女の子は、色の白い小さな顔がとてもかわいい。ゲニンにちっとも似《に》ていない。奥さんは、すっとしたうりざね顔の色白美人。女の子は、奥さんに似たのかな。

三人は、入り口のそばのテーブルに腰《こし》かけた。

紘《ひろ》が車いすでよっていき、ゲニンにあいさつをして、水をはこんできたおばちゃんに紹《しょう》介《かい》している。紘は、昨年たしか、ゲニンから国語を習っていたはず。

「まあ、ようこそいらっしゃいました」

「家族で近くまで買い物に来まして、香川《かがわ》紘くんのご両親の喫茶店《きっさてん》がこのへんにあるというので、来てみました。いいお店ですね。チカ、アイス食べるか？」

にこやかに話すゲニンは、親子そろいのターコイズ色のT《ティー》シャツを着て、子煩悩《こぼんのう》のお父さんという感じだ。

「うん、アイス食べる！」

「お、かき氷もあるぞ」

「じゃあ、アイスののったかき氷がいい！」

チカちゃんは元気にこたえて、麦わらぼうしをぬいだ。

その瞬間《しゅんかん》、心臓《しんぞう》がつかまれたようにぴくっとした。

きれいにそろえられたおかっぱ。おでこに汗《あせ》で少しへばりついた前髪《まえがみ》。

赤毛だった。

茶髪《ちゃぱつ》をはるかにこえていた。

細くサラサラした赤毛は、窓《まど》からさす日の光をあびて、バレンシアオレンジの色にかがやいている。


「ゲニンの子ども、チカちゃん、赤毛だったね」

ヒーローからの帰り道、サワちゃんとふたりで歩きながら、前を見たままいった。

「うん。おどろいた。すごくきれいなつやつやの赤毛だった」

サワちゃんも前を向いたまま、いった。

マモさんのことで、あんなに興奮《こうふん》していた気持ちは、ゲニン家族の登場で、すっかりどこかへとんでいってしまった。

あたしの頭のなかには、あたしなんて問題にならないくらい赤毛のチカちゃんの顔でいっぱいだ。

となりを歩くサワちゃんも、口数が少ないところをみると、同じ気持ちかもしれない。

「ゲニンも奥《おく》さんも黒髪《くろかみ》なのに、赤毛だね」

「顔もハーフみたいだったね」

「突然変異《とつぜんへんい》かな？」

「隔世遺伝《かくせいいでん》かも」

あたしの髪の毛の色は、ひいおばあちゃんに似《に》たらしいということだから、チカちゃんもそうかもしれない。

「それにしても」

あたしは、立ちどまった。

「赤毛証明《しょうめい》をおしたのは、ゲニン」

つられて立ちどまったサワちゃんは、こちらを見た。あたしは、サワちゃんに顔を向けた。

「あのとき、ゲニンはどんな気持ちだったんだろう？」

ゲニンの『赤毛でなにがわるい』という言葉が、ふと思いだされた。

ゲニンは、自分の娘《むすめ》が赤毛だから、あたしの赤毛も肯定《こうてい》したということ？

でも、だったらどうして、屈辱的《くつじょくてき》な印をみとめたの？　生まれつきだとわかったら、あんな印はいらないはずじゃない。自分の子どもがおされたら、どうよ？　いやな気持ちになるはずでしょ。

あたしは、自分の髪《かみ》の毛《け》を両手でもじゃもじゃと何度ももんでいた。

かき氷をほおばるわが子を、いとおしそうに見つめるゲニンの顔がうかぶ。

わからない。ゲニンの心が読めない。

サワちゃんはなにもいわずに、少しなさけなさそうにまゆを八の字にしている。

7 嫉妬《しっと》

紘《ひろ》の家に、父の運転する車で立ちよった。

二泊《はく》三日《か》の恒例《こうれい》の熱海《あたみ》旅行の帰り。土産《みやげ》の魚の干物《ひもの》をとどけるためだ。

紘が小学五年生までは、二家族で毎年熱海に行っていた。紘のバスケの練習がはじまると、日程《にってい》が合わずに、うちだけで行くようになっていた。

紘は、庭で車いすにのってシュートの練習をしていた。今日だけは、チームの練習もないらしい。日曜なので、カフェ・ヒーローもお休みだ。

リビングから段差《だんさ》なくつづくウッドデッキは、庭のぎりぎりの高い木の塀《へい》まであり、おじちゃんがバスケのゴールネットを設置《せっち》して、シュートの練習ができるようにしている。

あたしは、ウッドデッキに出ていった。

「めぐ、おかえり」

シュートを決めたボールをもったまま、紘《ひろ》が笑った。

見なれた笑顔に、なんだかホッとする。

「ただいま。渋滞《じゅうたい》きつかった～」

きかれもしないのにそういうと、となりにおかれた木のいすにどかりとすわった。

「おつかれさん。カマスの干物《ひもの》と塩辛《しおから》買った？」

紘は、干物のなかでいちばんカマスが好きらしい。それと、塩辛が大好物。これさえあれば、ご飯が何杯《なんばい》でも食べられるそうだ。

将来《しょうらい》きっと酒のみになるぞ、いっしょにのもうなあ、と父が紘に会うたびにいっている。

紘の父親はお酒が弱いので、酒好きの父はそこだけがものたりないらしく、二世の紘に期待をかけているというわけだ。

「お父さんったら、『紘くんのカマス、紘くんの塩辛』とかいって、いそいそと買いこんでいたよ」

「やりー！」

無邪気《むじゃき》によろこんで、「おじさん、毎度ごちそうさま～！」と、リビングにいる父にお礼をいっている。父がうれしそうに、「おう！」と手をふると、紘もおおげさに手をふりかえした。

ふった肩《かた》から二《に》の腕《うで》にかけて筋肉《きんにく》がさらにもりあがって見える。暑いなか、筋《きん》トレがんばっていたにちがいない。

「サワちゃん、元気？」

突然《とつぜん》、紘《ひろ》がきいてきた。

「え？　あ、うん。元気だと思う。熱海《あたみ》から写真を送ったら、お母さんとアウトレットで、めちゃくちゃ楽しそうにソフトクリーム食べている写真送ってきたから」

「ふーん」

紘はもっていたボールをシュートした。

スパッ。

きれいな円をえがきながら決まった。

「サワちゃんは、いつも元気だよ。怒《おこ》った顔なんか見たことないなあ。笑っているか、だれかのために泣いているか」

あたしがいったとき、背中《せなか》を向けたまま、紘がつぶやくようにいった。

「いい子だね」

たったひと言《こと》だった。

「かわいい」とか「好き」とかじゃなく、大人が子どもに対していうようなひと言だった。

だけど、あたしの耳に入ったとたん、ざわりとした言葉にかわった。

紘《ひろ》、それ、どういう意味？　だいいち、なんで、急にサワちゃんが元気かどうかきいたの？

お土産《みやげ》の話したんだから熱海《あたみ》はどうだった？　とかきくでしょ、まず。それなのに、なにもきかずに、どうして、サワちゃんのことをきいてきたの？

心のなかで問いつめながら、紘の横顔をじっと見た。紘はあたしの視線《しせん》を気にもとめないで、シュートをくりかえしている。

それっきり、なにもいわなかった。

家に帰ってきてからのあたしは、むし暑さと旅行のつかれで、ぐったりしていた。

ベッドにごろりとねころんで、両腕《りょううで》を手枕《てまくら》にした。

真っ白な天井《てんじょう》に、ソフトクリームをほおばるサワちゃんの無邪気《むじゃき》な顔がうかびあがる。

「いい子だね」

かぶせるように紘《ひろ》の声がきこえてくる。

とたんに、サワちゃんの顔に、グレーの点がぽたりと落ちてきて、顔全体に、どろどろとけたソフトクリームのようにひろがっていく。それが、ぽたぽたとあたしの寝《ね》ているベッドに落ちてくるようで、

「やだっ！」

からだをよじって、ベッドに顔をつっぷした。

サワちゃんが、紘を大好きなのはよくわかっていたし、けなげな恋心《こいごころ》を応援《おうえん》したいと心から思っていた。まっすぐでひたむきで、よく笑ってよく泣く、幼《おさな》い子どものようなサワちゃんが大好きだった。

それなのに……。

紘のたったひと言《こと》で、あたしのなかに、汚点《おてん》が落ちてきた。

サワちゃんの屈託《くったく》のない笑顔を見たくないと思った。

ほんとうは、屈託がないのではなく、ただのぶりっ子かもしれない。人の顔をじっと見ながらときどき、カールした長いまつげでまばたき、こくこくうなずく仕草は、かわいい子ぶっているのかもしれない。すぐケタケタ笑ったり、ワンワン泣いたりするのは、計算

されているのかもしれない。黒々とした髪《かみ》をゆらしてほほえむ顔だって、こびているみたいだし……。

そんなふうに思うと一〇〇パーセント大好きといえなくなる。きらいになりたいと思っている？

なに考えているんだ、あたし。

これって、嫉妬《しっと》……？

ブルルと首をふる。

紘《ひろ》のこと、異性《いせい》として意識《いしき》したことなんて、一度もない。それなのに、どうして、紘が吐《は》いたひと言《こと》で、こんな気持ちになるのだろう？

ちょうど、そのとき、携帯《けいたい》が鳴った。

ひらくと、サワちゃんからのメールだった。

『アウトレットで、おそろいのストラップをミワコちゃんが買ってくれたよ。明日ひま？渡《わた》したいよー。そのあと、いっしょにアソボ♡♡♡』

ハートマークがいっぱいついている。流行のアニメキャラクターのストラップが色ちがいでならぶ写真も送られてきた。

『ごめん、明日、用があるんだ』

絵文字なしの、そっけない返事を送信した。

サワちゃんは、なにひとつわるくないのに、今は、会いたくない。これ以上、勝手にわるく思いたくないから。

あたしは、サワちゃんのハートいっぱいのメールの画面をひらくと、「えい」と消去した。

消えてしまえ！

サワちゃんに発した自分の心の声に、どきりとした。

布団《ふとん》をかぶる。

真夏なのに、寒い。ふるえがとまらない。背中《せなか》のしんだけが、燃《も》えるように熱くてたまらないのに。

翌日《よくじつ》。あたしは、目的もなく駅前の本屋で立ち読みをして、ハンバーガーショップで、ひとりランチをして、ぶらぶらと児童公園のほうに歩いていた。

小学校のころは、夏休みにあそぶ相手がいないと、児童館や児童公園に行った。すると、だれかはいて、いっしょにあそんで日がな一日すごした。

夏休み中、部活もないし、塾《じゅく》の夏期講習《かきこうしゅう》などいっさいうけていない。サワちゃんのさそいをことわったあたしには、あそぶ相手はいなかった。

「中学生が、児童館でひとりであそぶはないしねー」

つぶやきながら、児童館の前をすぎようとしたとき、子どもたちが、楽しそうにおしゃべりしながら出てきた。

「お姉ちゃん、またねー！」

小学校低学年の五、六人がうしろをふりかえった。そのうしろから出てきたお姉ちゃんという人を見て、「あっ」と思わず声をあげた。

吉川《よしかわ》さんだった。一学期ほとんど教室にすがたを見せなかった、地味でおとなしい吉川ルリが、真っ白なぼうしをかぶり、水色のギンガムチェックのワンピースを着て、満面の笑みで子どもたちに手をふっている。

吉川さん、笑うんだ。笑った顔、はじめて見た。

あたしの顔を見るなり、吉川さんも「あっ」といって、軽くおじぎをしてくれた。

あたしもつられるようにおじぎをしてから、

「ここにいたの?」

ときいた。

「そう。ボランティアで子どもたちの遊び相手をしているの」

吉川《よしかわ》さんの祖父母《そふぼ》の家がこのそばで、両親が共働きの吉川さんは、夏休みや冬休みは泊《と》まりに来て、よく児童館に来ていたという。

もしかすると、あたしとも会っていたのかもしれないが、ぜんぜん気がつかなかった。

「あたし、小さい子が好きで、小学四年生からは、幼児室《ようじしつ》でお手伝いしていたから」

そうなんだ。あたしは、同学年かそれ以上の友だちとボードゲームや手芸や工作をするのが好きだったから、すれちがいだったのかもしれない。

「ちょっと、となりの公園でおしゃべりしない?」

今日のお手伝いはこれでおわりだというので、となりの児童公園にさそった。どうしてそんな勇気が出たのか、自分でもふしぎ。サワちゃんのさそいをことわって、きっとすごくさびしくなっていたのだろう。

「びっくりだなー。吉川さん、そんなに、小さい子が好きなんだ」

ふたりでブランコにのってゆられながら、あたしはきいた。

「うん。将来《しょうらい》は、保育士さんになりたい」

はにかむようにいう吉川《よしかわ》さん。だけど、こんなに、しっかり話してくれるなんて。はじめて会話らしい会話するけど、話しやすくて、なんだかうれしい。

制服《せいふく》のときより、ずっと大人っぽく見えるし、すてきな人だな、って思えた。

「吉川さん、クラスでなんかあった？」

今ならいえそうで、思わずきいてしまった。

急に、吉川さんの顔がくもった。

あ、失敗。なんでよけいなこときいたのだろう。

「ごめん……」

あやまると、吉川さんは、顔の前で、手をふった。

「あやまらないで」

しばらく、気まずい沈黙《ちんもく》がつづいて、あたしは、どうしよう、どうしよう、と心のなかでくりかえしていた。

「あのね」

思いのほか、明るい声がした。

顔をあげると、吉川《よしかわ》さんは、前を見ながら、話しはじめた。

「ある人たちからいわれたひと言《こと》で、あたし、学校に行きたくなくなって」

なにもきかずに、あたしは次の言葉を待った。

「あたし、自分の小学校のときの友だちが今のクラスにはひとりもいなくて。人見知りだからすぐに新しい友だちもできなくて、ちょっとあせっていたんだ」

わかる、その気持ち。あたしも、小学校の友だちはほとんど近所の公立中に行ったから、中学の同じクラスには知り合いがひとりもいなかった。入学したときはすごく不安だったもの。たまたまとなりの席がサワちゃんだったから、すぐ友だちになれてラッキーだったけど。

「席も近いはなやかで明るいふたりと、できたら友だちになりたくて、勇気出して、声をかけたの」

席も近くてはなやかで明るいふたり……、きっとユカとアズサのことだろう。

「そしたらね、ひと言、こういわれたの」

吉川さんは、前を向いたまま口をひらいた。

「陰《いん》キャは無理」

それって……。吉川《よしかわ》さんみたいに陰気《いんき》なキャラクターは、あたしたちには合わないってことだよね。

「ひどい」

あたしには、それしかいえなかった。

吉川さんは、顔をこちらに向けた。

涙《なみだ》ぐんでいる。

「そのひと言《こと》がショックで。あたしは、ふつうじゃない。みんなとちがうんだ。いるだけで暗くしてしまうキャラクターなんだって……。それからは、彼女《かのじょ》たちに会えなくて、彼女たちだけでなく、クラスのみんながこわくて、教室にも行けなくて。みんながあたしのことそう思っている気がして」

「そうだったんだ。つらかったね」

あたしがそういったとたん、合図のように吉川さんの目から涙がこぼれおちた。

吉川さんは、もともと自分から発言したりするのは苦手だったと、いった。

「でもね、小さい子どもたちに対してだと、自分が姉や先生になったみたいな気がして、どんどん話せるし、楽しくあそべるし」

「それで、児童館でボランティアしているんだ」

「うん」

にっこり笑った顔が、木漏れ日《こもれび》をうけてやさしくゆれた。

「今は、すごく楽しい。これも、学年主任《しゅにん》の山崎《やまざき》先生のおかげなの」

「え？」

びっくりした。まさか、ゲニンのおかげだなんて。

「どういうこと？」

「保健室《ほけんしつ》登校はじめたら、山崎先生が、かならず顔を出してくれてね」

「ゲニンが？」

ゲニンというニックネームを知らなかったらしく、首をかしげたので、『羅生門《らしょうもん》』からとったことを説明する。

「そういえば、保健室でも、その話してくれたよ」

ゲニンは、おくれている勉強も指導《しどう》してくれて、そのなかで、案《あん》の定《じょう》、『羅生門』の下《げ》人《にん》の心理こそ、人間の真理だ、と話したそうだ。

「羅生門の下人は、あんなやつでも、有名な小説の主人公だぞ。おれは、下人が人間くさくて好きだな、といってね」

そんなことはあたしたちには話さなかった、と思ってきいていると、吉川《よしかわ》さんは、こうつなげた。

「あの下人《げにん》のストーリーは、小説ではあそこまでだが、ほんとうは、もっとつづくのさ。下人が死ぬまでだ。つまり、だれでもどんな人でも、はじめからおわりまで、人生ストーリーの主人公だ、ということ」

吉川さんは少し、声を太くして、ゲニンの言い方のまねをした。

「人生ストーリーの主人公」

あたしが、言い方をまねてくりかえすと、吉川さんは、くすっと笑った。

「目から鱗《うろこ》だったんだ」

あ、出た、聖書《せいしょ》の言葉だ。あたしは、ふと、アコさんの湖みたいな瞳《ひとみ》を思いだした。

「自分が主人公なんだから、キャラクターをかえる必要はなくて、そのありのままのキャラクターをいかして、ストーリーをいかにおもしろくするかが重要だって」

へえ、ゲニン、なかなか深いことというねえ。

「あたしね、陰《いん》キャは無理、っていわれたとき、死にたくなるほど悲しかった。しばらく、立ちなおれなかった。でも、山崎《やまざき》先生、ゲニンの話をきいてね」

吉川《よしかわ》さんは、「ゲニン」といいなおしてからつづけた。

「陰《いん》キャの主人公も、いい、いんでな〜い、と思うようにしたの」

自分でいってふきだしている。

おいおい、吉川さんって、こんなダジャレキャラだっけ？

「自分は、底ぬけに明るいふるまいはできない。無理に笑顔をつくって話しかけることはできないもの。それがあたし。でも、児童館で子どもたちとあそんでいるときは、気がつくと自然に子どもたちと笑いころげているの。ああ、これもあたしなんだ。だから、これでいい、いんでな〜いって」

いい顔している。夏空に水をまいたみたいなはじける笑顔。

「吉川さん、すでに、陰キャじゃないと思うよ。ちょっと痛《いた》キャになってるけど」

あたしのつっこみに、さらに笑いがとまらない様子だ。ほおに涙《なみだ》のすじをつけて笑っている。

吉川さんって、すてきな人にちがいない。話してみないと、その人のほんとうの魅《み》力《りょく》ってわからないものだ。

とにかく、よかったね、吉川《よしかわ》さん。あたしは心からそう思った。

それにしても、フレンドリーなはずの担任《たんにん》のオカッチはなにもしてくれなかったのか。オカッチって、友だちみたいに接《せっ》して、その場かぎりの人気かせぎじゃないの？　なんか、善人面《ぜんにんづら》しているオカッチへの信頼《しんらい》が音を立ててくずれていく。

それにくらべて、強面《こわもて》のゲニンの評価《ひょうか》がぐいんとあがっていく。

ゲニン、いそがしいなか、保健室《ほけんしつ》に顔を出して、そんないいことといったんだ。人の気持ちによりそえる人なのかもしれない。

でも。

だったら、どうして、『赤毛証明《しょうめい》』、とりけしてくれないんだろう？

わからない。やっぱりまだゲニンのことはわからない。

ふいに、ゲニンの子どもの、赤毛のチカちゃんのあどけない顔がうかんだ。

天使みたいだった。

ブランコをゆらしながら、吉川さんはこんなことをいった。

「新たな自分のストーリーを考えると、日々進化していくようで楽しいってことがわかってきたの。たとえばね、児童館のとびらは、魔法《まほう》のとびら。とびらの前で呪文《じゅもん》をかけるの。

『とびらよとびら、新しい舞台《ぶたい》へ登場サセタマエー』ってね。そうすると、とびらをあけたとたん、昨日よりもっとやさしい笑顔の自分になって子どもたちのところに行けるんだよ」

吉川《よしかわ》さんも、やっぱり天使みたいだ。

児童館の古びたガラスの引き戸を魔法《まほう》のとびらと思えてしまえるなんて、すごすぎる。

それにくらべて……。

なにもわるくないサワちゃんを、消えてしまえ、って思ったあたしは、最低最悪、人でなし。

8 まもりたいもの

吉川《よしかわ》さんに会えて、涼《すず》やかな風をあび、あたしの心は一瞬《いっしゅん》浄化《じょうか》されたかのようだった。

けれども、帰宅《きたく》すると、またどんよりとしてきて重い。吉川さんのピュアさが、自分のみにくさを鏡のようにうつしだしてしまったのかもしれない。

自分の部屋のベッドに寝《ね》そべると、頭のなかのよどんだ池から、泥《どろ》まみれのリボンがずるずるといつまでもひっぱりあげられてくる。

吉川さんは、『陰《いん》キャは無理』のユカたちのあびせた心ないひと言《こと》に、死にたくなるほどつらい思いをした。自分は、ふつうじゃないかも、と思ってしまった。でも、ゲニンによって、人生の主人公は、このありのままの自分だと気がついて、前向きに歩きだした。

あたしは、紘《ひろ》がサワちゃんのことを『いい子だね』とつぶやいたひと言で、親友であるサワちゃんを勝手ににくんだ。消えてしまえ、とまで思った。

どう考えても、のりこえようとしている吉川《よしかわ》さんはえらい。それにくらべて、勝手に嫉《しっ》妬《と》して、文字どおり「いい子」であるサワちゃんに嫉妬しているあたしは、サイテー。紘《ひろ》に嫉妬して車いすをパンクさせたマモさんのことをえらそうに、親友なのにあんなことするなんて、と罵倒《ばとう》したけど、今のあたしはマモさんと同じじゃない。いや、親友なのに「消えてしまえ」なんて思うなんて、もっとひどいにちがいない。そんな自分にぞっとする。

頭のなかがぐちゃぐちゃになっていく。

だいたい、どうして、嫉妬してしまったんだろう？　今まで、サワちゃんがどんなに紘のことを好きだと態度《たいど》でしめしても、口で話しても、なんともなかった。むしろ、けなげでかわいいと思っていた。

それが、紘がいったひと言《こと》で、急にこんな気持ちになるなんて。

頭で考えようとしても、混乱《こんらん》するばかりだ。それでも、考えないと、罪悪感《ざいあくかん》がどんどんふくらんでいく気がした。

紘も、サワちゃんを好きかもしれないと思った瞬間《しゅんかん》、みにくい気持ちが出てきた。紘のこと、異性《いせい》として好きだなんて、一度も思ったことなかったのに。

自分の気持ちを何度も何度もたしかめてみる。

紘《ひろ》はずっとあたしの幼《おさな》なじみで、あたしだけの幼なじみで……。サワちゃんにとられたくない。

やっぱり、サワちゃんに嫉妬《しっと》している。サワちゃんは、なにひとつわるいことしていないのに。あたしが勝手に嫉妬して、勝手にきらいになろうとして……。どろどろした思いがうずまいていく。

こんなよごれた心の自分がいやだ。大っきらいだ。

こんな気持ちのままで、サワちゃんに会いたくない。

サワちゃんは、あたしがちょっとでも落ちこんだりしていると、すぐ察知して心配してくれる、敏感《びんかん》な人だ。あたしのみにくい心のなかまで見すかされてしまうかもしれない。会えない。

サワちゃんだけじゃない。紘にも会えない。

あたしは、携帯《けいたい》の電源《でんげん》を切ると、クーラーの温度を五度さげて、ベッドにもぐりこんだ。

三日間、家から一歩も出なかった。

そのあいだ、なにを考えていたか。

なんで、急に、こんな嫉妬心《しっとしん》がわきあがってきたのか？　ということを考えて堂々めぐりばかりしていた。

もしかすると、あたしは、いつの間にか、紘《ひろ》を好きになってしまっていたの？

幼《おさな》いころの思い出は、たぶん、親戚《しんせき》の子よりも、だれよりもある。ほとんど兄妹みたいに、じゃれあってあそんできた。

両下肢欠損《りょうかしけっそん》で、紘がひざから下が両足ともない状態《じょうたい》で生まれたことは、一般《いっぱん》の人からは障害者《しょうがいしゃ》に見えるけど、あたしは一度もそう思ったことがなかった。

母親同士が、中学校のころからの、「無二の親友」だったこともあって、両親は家族ぐるみで、もはや親戚のように、いや、たぶんそれ以上に親しくつきあってきた。だから、紘より一年あとに生まれたあたしは、ごく自然に、紘と兄妹みたいに仲よくなれた。

正真正銘《しょうしんしょうめい》、一度だって、恋心《こいごころ》をいだいたことはなかった。

それなのに、どうして？

紘も、サワちゃんを異性《いせい》としてよく思っているかも、と感じたとたんに、嫉妬心がわきあがってきた。

この感情《かんじょう》は、なんなんだろう？

どちらも、あたしの大好きな人。だけど、そのふたりがくっつくのはいや？

ううん、そうじゃない。どちらもあたしのものでいてほしい、と思っている？

あたしは、なに者？　あたしが、中心でいたいということ？

すごくわがままだと思った。自己中心《じこちゅうしん》。いやなやつだ。

サワちゃんからは、携帯《けいたい》にきっといっぱいメッセージが来ているはずだ。

実際《じっさい》、既読《きどく》にもならないから、サワちゃんは心配して、昨日、家電にかけてきた。

母が呼《よ》びに来たが、声をきくとなんていっていいかわからないから、「風邪《かぜ》ひいて寝《ね》ているけど、心配ないから」といってもらった。

すごく心配して、お見舞《みま》いに来たいといったそうだが、「だいじょうぶ、じきになおるから、こちらから連絡《れんらく》させるね」と母がつけくわえてくれて助かった。

食欲《しょくよく》が失《う》せて、家から一歩も出ない、一日のほとんどを部屋ですごすあたしに、両親もお姉ちゃんもなにもいわないでいてくれている。へんだと思っているはずだけど、なにもいわれないのが、すごくありがたい。

こうして、ひきこもっていくのだろうか？

テレビ見たりゲームしたりして気をまぎらわせていたけど、むなしい。サワちゃんに会いたくなってくる。嫉妬《しっと》しているのに、紘《ひろ》より、サワちゃんに会いたい。ふたりでたわいもないおしゃべりしたり、アイス食べたり、モールに行ったりしたい。

だけど、今も心がどんよりしていて、きっと会ったら、今までみたいにふつうに話せないだろう。嫉妬している自分を見られたくない、見すかされるのがこわいから会えないと結論《けつろん》づける。

そうすると、ますます家を出られなくなる。ひきこもることで安心している自分がいる。

「めぐ」

ドアをノックする音と同時に、お母さんが入ってきた。いつもそうだ、ノックはかたちばかりで、かならず間髪《かんはつ》入れずに顔を出す。

「ノックのあと、いいよってきいてから、入ってきてよ」

いつもなら、「ん、もう」でおわるところだが、今日は、そんな母をゆるせなくて、とがった声を出した。

「ずいぶんイラついているねえ」

心のなかで、「うるさい」となじるが、声には出さない。

「あんた、ひまなんでしょう。お使いたのまれてよ」

「やだ」

「ひま」っていわれて、さらにムカついた。あたしの気持ちも知らないくせに。

「オカヨにたのまれていたコースターがぜんぶ完成したから、ヒーローにとどけてほしいのよ」

オカヨとは、紘《ひろ》のお母さんのことで、うちの母親とは、中学時代から、「オカヨ」「エミちゃん」とよびあっている。

パッチワークが得意な母は、カフェ・ヒーローのテーブルクロスやコースターなど手作りで提供《ていきょう》している。人目をひく、正面の壁《かべ》の花畑のタペストリーも母の手作りだ。

「明日、貸切《かしきり》でパーティーの予約あるっていうから、必死で間にあわせたのよ。ね、とどけてくれる?」

「体調わるいから、お母さん、自分でもっていってよ」

あたしは、ベッドに寝《ね》ころんだままこたえた。

「パートのシフトが急に入っちゃって、無理なのよ」

「あたしも、無理」

「明日のパーティーは、大事な団体《だんたい》さんらしくて、新しいコースター使いたいんだって。ね、たのむよ、めぐちゃん！」

ねこなで声にかわっていく。でも、無理。ましてて、紘《ひろ》の両親のお店には行けないよ。紘がもし顔でも出したら……。

「あんた、お昼のそうめん口もつけてないから、おなかすいたでしょう。オカヨのところでオムライス食べてきていいからさ」

あたしが世界でいちばん大好きな、あのふわふわのオムライスが脳裏《のうり》をかすめると、おなかが鳴った。朝、トーストを半分食べたきり、なにも食べていなかった。

心がおれそうになっているのに、おなかがすいてしまうことが悲しい。

「今日とどけないと、なんの意味もなくなっちゃうんだけど。オカヨたち、困《こま》っちゃうよなあ」

そういわれて、気持ちがゆれた。おばちゃんたちが困ってしまうのはかわいそうだ。

「しょうがないなあ」

のっそりとおきあがった。

「ありがとさーん！」

母は明るく背中《せなか》をたたいて、部屋を出ていった。

カフェ・ヒーローに着くと、おばちゃんは、まず冷たいレモンスカッシュを出してくれた。

「めぐちゃん、ごくろうさま！」

母があらかじめ、電話しておいたのだろう、おばちゃんたちは来ることがわかっていて歓迎《かんげい》してくれている。

「今から、おじちゃんがオムライスつくるからね！」

もしかすると、あたしがひきこもっていることを心配して、わざと出かけさせた？

母のさりげないやさしさだったのかもしれない。だったら、あんなにとがっていわなければよかった、と思いながら、レモンスカッシュをぐいっとのみこむ。

ひさしぶりの真夏の外出に頭がくらっとしていたので、つめたい炭酸《たんさん》がのどからからからだじゅうに走りぬけて、すっきりとしていく。

壁《かべ》にかかった、母の手作りのタペストリーをながめながら、「お母さん、ごめん」とつぶやいた。

ランチ時の波がひいて、お客さんは、アイスコーヒーをのみながらパソコンをひらいている学生ふうのお姉さんだけだった。

紘《ひろ》は、今日は市民センターで一日中練習だそうで夕方まで来ないときいて、安心する。

「はい、お待ちどうさま！」

おじちゃんが、つくりたてのオムライスをすぐにもってきてくれた。

「元気出るぞー」

にこにこしながらそういうと、厨房《ちゅうぼう》にもどっていく。

オムライス食べるなんてひと言《こと》もいわないのに、顔を見たらすぐつくってくれるなんて。

やっぱり、母が電話であたしのことを、元気がないとか、ひきこもっているとか、話したのにちがいない。

とにかく、あたしと紘の家族は、親戚《しんせき》みたいに近しい。なにかあると、相談しあってきた。

でも、今回の、あたしの胸《むね》のうちは、さすがに知らない。なにしろ、ひとり息子がからんでいる。それでも、元気がないときけば、なんとかはげまそうとしているのかもしれない。

世界一のオムライスは、口のなかでとろけながら、のどから胃へ、あたしの心まであたためながらゆっくりと流れていく。

「エミちゃんも、あいかわらずパワフルに仕事しているみたいね」

だれもいなくなった店内で、おばちゃんがあたしの前の席にすわって、母のことをいってきた。きっと、あたしのことはなにもふれないでおこうとしているのだろう。

「ん。オカヨさんの誕生日《たんじょうび》プレゼント買うためと、いっしょに宝塚《たからづか》見に行くためにシフトふやしてがんばっているみたいよ」

「うれしいわあ。もつべきものは親友だね」

おばちゃんと母は、今のあたしとサワちゃんのころからの親友だ。

ふときいてみたくなった。

「おばちゃんとお母さんって、ケンカしたことある?」

あたしとサワちゃんは、ケンカとはいえない。勝手に嫉妬《しっと》して、サワちゃんと口きいてないだけだけど。

「あるある。何回も。大ゲンカもしたよ。絶交《ぜっこう》したこともあるし」

なんでもいいあえる大の仲よし、というイメージばかりだったので、意外だった。

「絶交《ぜっこう》って、どんなことで？」

「中学のとき、おんなじ人を好きになっちゃったのよー」

どきっとした。

「相手もまた、あたしたちにそれぞれ好きみたいな態度《たいど》とっていたから、しばらく、絶交状態《じょうたい》がつづいてね」

あたしたちとは事情《じじょう》がぜんぜんちがうけど、ききたい。

「それでどうなったの？」

あたしは、ごくりとつばをのみこんだ。

「やっぱり、たえられなくなっちゃって」

「たえられないって、なにが？」

「絶交していることよ」

おばちゃんが、思いだすような目をしたあと、笑いながらつづけた。

「オカヨは、あたしにとって、特別ってことがよけいにわかって、ま、おたがいになんだけどね。さらに友情は深まっていったかなあ」

「それで？」

三角関係の恋《こい》の行方《ゆくえ》もききたい。

「どっちにもいい顔する男なんてサイテー、とかいって、ふたりしてふってやったのよ」

ドヤ顔するおばちゃんは、少女みたいだった。

カランコロン。店の入り口のベルが鳴った。

「こんにちはー」

なんと、入ってきたのは、ゲニンだった。今日はひとりみたい。

予想外だったので、びっくりした。

「おう、堀内《ほりうち》!」

「こんにちは」

「先生、いらっしゃい!」

おばちゃんが笑顔で立ちあがり、水をとりに行った。

「このカフェが気に入って、ときどきよるんだ。ここ、すわってもいいか?」

ゲニンは、おばちゃんが腰《こし》かけていたいすにすわったので、思わず、背《せ》すじをのばした。

おばちゃんがもってきてくれた冷たい水をいっきにのみほしたあと、ゲニンはいった。

「何日か前に、吉川《よしかわ》に会ったんだって?」

吉川《よしかわ》さんの名前が出たので、え？　って思った。

「昨日、学校に吉川がたずねてきたんだ。宿題でわからないところを、ときどき、ききに来るんだよ」

ゲニンたち教師《きょうし》は、夏休みでも出勤《しゅっきん》しているらしく、研修会《けんしゅうかい》や希望者の補講《ほこう》もしているという。

「吉川、おまえと話できたって、すごくよろこんでいたぞ」

すなおにうれしかった。

「あたしも、話できてよかったです。あんなに話しやすい人だと思っていなかったし」

「それでなあ、もしかすると、保健室《ほけんしつ》から教室に行ける日が来るかも、だとさ」

「すごい」

熱いものがこみあげてくる。

「ありがとうなあ」

ゲニンは、まるで吉川さんの父親のような言い方をした。

本質《ほんしつ》は、やさしい人なんだ。

黒光りした顔の深いしわの奥《おく》にある瞳《ひとみ》は、いつもよりずっとやわらかく光っている。

あたしのなかで、ゲニンに対するこりかたまっていた感情《かんじょう》が、とけていく。

急に、あどけない小さい顔を思いだした。

「チカちゃん、かわいいですねえ」

心からそう思えた。

「ん。かわいいだろう」

ゲニンのほおがゆるんでいく。

「あの、髪《かみ》の毛《け》」

いってはいけないかもしれないけど、思わず口から出た。

「ん。おまえよりずっと赤いだろう」

さらりといったゲニンの顔が、ちょっと泣いてるような笑顔になった。

なんてこたえようか、とまよっていたら、ゲニンが口をひらいた。

「おれな、妻《つま》と結婚《けっこん》するまで、人をにくんでいた人生だったんだ」

なに？　どうして、そんなことといいはじめるの？

あたしはとまどった。

かまわずゲニンは、なさけないようなやさしい顔のままでいいつづける。

「おれはいつも『負けてたまるか』という気持ちで、肩《かた》ひじはって生きていたんだ。まあ、いろいろあってな」

急に真剣《しんけん》な目になる。

「ちょうど、『羅生門《らしょうもん》』の下人《げにん》のような状態《じょうたい》のときに、今の奥《おく》さんに会ってな」

いいきかせるように、低くゆっくりと話すので、ドキドキしてくる。

「奥さんは、おれのくさった心を助けてくれた」

そういったゲニンの表情《ひょうじょう》が絵本の『泣いた赤鬼《あかおに》』みたいに、赤黒くなっていく。

「そしてな、こんなおれを好きだといってくれたんだぜ」

自分でいって、てれてさらに赤くなっていく。

なにがあったかはわからないが、『羅生門』の下人のようなゲニンを、救って好きになってくれた奥さんはすばらしい人だ、と感心する。あたしだったら、きっと無理、と思わず心でいって、失礼、と心でわびる。

「でな」

ゲニンは、はこばれてきたアイスコーヒーを、ズズズーとすってから、つづけた。

「うちの奥さん、結婚《けっこん》するとき、おれになんていったと思う？」

急にゲニンのまぶたがあがった。

「いえ、わかんないです」

わかるわけがない。でも、すごくききたい。

いや、ちょっと待って、なんで今、このあたしにこんな大事なこと話すの？　いいんですか？　先生。

とまどっていたら、アイスコーヒーをのみほしてから、ゲニンは、あたしの目をじっと見ていった。

「これからは、にくむ人にならないで、愛する人になってください」

真剣《しんけん》なまなざしでいうから、自分にいわれたみたいに緊張《きんちょう》した。

「それが結婚《けっこん》する条件《じょうけん》だって」

どうしても結婚したかったから、その条件をうけいれた、とゲニンは真剣な顔でいう。

「奥《おく》さんのひと言《こと》で、おれの人生がかわったのさ」

あたしの頭のなかを『目から鱗《うろこ》』という言葉がよぎった。

やさしそうな奥さまだった。細くて色白の美しい顔を思いだす。

「奥さんと約束したから、おれは、にくしみをすてて、人を思いやる人間にかわっていったと思う」

吉川《よしかわ》さんに対してのゲニンの言葉や態度《たいど》は、ほんとうのやさしさだったんだ。

「結婚《けっこん》してすぐに、奥《おく》さんは大きな病気をして、子どもを産めなくなってね」

「え？　だって、チカちゃん」

「チカはね、特別養子縁組《ようしえんぐみ》でうちの子になったんだ」

子どもをどうしても育てられない親から、子どもを養子としてゆずりうけ、実子として育てる制度《せいど》だそうだ。

「生まれたてでわが家にやってきたチカを奥さんがそぉっとだっこした。奥さんの腕《うで》のなかで、ぽやぽやの赤毛の小さな顔が安心したように眠《ねむ》ったんだ。たまらなくいとおしくなった。このふたりをまもりたい！　絶対《ぜったい》にまもっていく！　と決心した瞬間《しゅんかん》だったよ」

まっすぐな目を向けられて、あたしは感動して動けなかった。

「それから、チカはおれたちの家族になった」

急に、目のまわりのしわがやさしくカーブをつくった。

「つぶらな目も、だだをこねて泣く顔も、夕日みたいな赤い髪《かみ》の毛《け》も、ぜんぶまるごと大事に思っている」

ゲニンが家族を愛して、いい旦那《だんな》さん、いいお父さんであることがよくわかると、今まで黒光りしてこわいと思っていた顔までもが、やさしさにあふれて見えてくる。

「それで、あたしに、『赤毛でなにがわるい』とおっしゃったんですね」

それを気づかせるために、こうしてチカちゃんのことを話してくれたにちがいない。

「まあな」

それでも、あたしのなかでなにかがひっかかった。

「先生。それなら、なぜ、『赤毛証明《しょうめい》』の印は必要なのでしょうか？」

「それは、そめていない証明だからな。地毛であることを証明して、ほこりをもってほしいと思う」

「では、なぜ、それを毎回校門で見せなくてはいけないのでしょうか？」

ゲニンは、急にだまった。

以前職員室《しょくいんしつ》できいたときは、『規則《きそく》だから』とこたえたのに、今日は、そういわなかった。

あたしのなかで、せきとめていたものが、噴出《ふんしゅつ》してきた。

「あたしは、『赤毛証明』をおされたことじたい、ふつうじゃないって印をおされたみたいで、差別されているみたいでいやでした。でも、今、先生の話をきいて、この髪《かみ》の毛《け》の色にほこりをもとうと思いなおしました。それでも、そのことはすでに証明《しょうめい》されているはずなのに、毎回見せる必要性《ひつようせい》が、どうしてもわかりません。『規則《きそく》』は、まもるためにありまます。でも、意味のない規則もまもらなければならないのですか？　そのことでつらくなっても、まもらなければならないのでしょうか？」

ゲニンは、じっときいていてくれる。

「もし、チカちゃんが、学校に入学して、同じようにしなければならなかったら、どうでしょうか？　やっぱり、あたしのように、なやむのではないでしょうか？」

ゲニンはなにもいわずに、ふと遠くのほうに目を向けた。

チカちゃんが中学校の制服《せいふく》を着ているすがたを想像《そうぞう》しているのかもしれない。それならいいのに。

長い沈黙《ちんもく》が流れた。おばちゃんもおじちゃんも、空気を察したのか、カウンターから出てこない。

しばらくして、ゲニンが低く、だけどはっきりといった。

「堀内《ほりうち》。今日は、会えてよかった。ありがとう」

ゲニンはもう少し店で涼《すず》んでいくというので、ひと足先に出て駅に向かって歩く。

夕方近いのに、夏の日差しは容赦《ようしゃ》なく半そでの腕《うで》を焼いていく。

それでも、店に向かったときより足どりは軽い。レモンスカッシュでのどをうるおして、世界一おいしいオムライスで胃袋《いぶくろ》を満たして、そしてゲニンに会ったから。

角《かど》を曲がろうとしたとき、背後《はいご》から声がした。

「めぐちゃーん！」

声にふりむくと、マモさんがかけてくるではないか。

「今、紘《ひろ》を送ってカフェ・ヒーローに行ったら、めぐちゃんが今までいたってきいて、追いかけようと」

息を切らしてそういってるけど、なぜ、あたしを？

「駅までいっしょに歩いていい？」

ときかれたけど、あまり気のりしない。今日は、このままひとりで帰りたかった。それに、マモさんと歩くのはなんだか気まずい。あたしのなかで、車いすパンク事件《じけん》はきっとまだおわっていない。

それでも、ここでことわるのもへんだと思いなおす。

こくりとうなずくと、マモさんは安心した顔をして、あたしの横にならんだ。

マモさんと角《かど》を曲がり、駅へとつづく一本道を歩いていく。

「よかった。じつは、今日、紘《ひろ》の練習に参加して、そのあとふたりで話してきたんだ」

マモさんは、まるでせきとめた川が流れだすように話しだした。

「おれの気持ちをぜんぶ、正直にいってあやまった。紘は、ただじっときいてくれた。最後に、『ゆるす』って」

紘、やっぱりそういったんだ。

「そしたら、そうだ、めぐちゃんにもあやまりたい、と思ったんだ。だから、追いかけてきた」

「あたしに？　どうして？」

たしかに、マモさんのしたことについて、あたしは今だって釈然《しゃくぜん》としないけど、直接的《ちょくせつてき》にはなんの被害《ひがい》もうけたわけじゃないのに……。

「めぐちゃんは、紘と幼《おさな》いころから友だちで、どちらかというと、妹みたいな存在《そんざい》だろう」

「ま、たしかに」

「だから、おれのした、最低のことで、傷《きず》ついちゃったんじゃないかって」

「傷ついてないよ。怒《おこ》ったけど」

ほんとうのことが口をついて出た。

「そうか……。怒って当然だよな。あのさ、とにかく、きいてほしい」

マモさんは、ポケットからチェックのハンカチをとりだすと、額《ひたい》ともみあげから流れる汗《あせ》をふいた。それから、あたしに懇願《こんがん》するような目を向けてきた。無言だけど、もう一度「きいてほしい」といっている。

あたしは、仕方なく、またこくんとうなずいた。

とたんにホッとした顔で、話しだした。

「おれさ、紘《ひろ》と中学入学のとき出会って、いっぺんで気が合っちゃったんだ」

サワちゃんとあたしみたいだ。

「紘と大好きなバスケの話したり、いっしょに練習したりしてさ、そのまっすぐな努力するすがたや、人の話をよくきいてくれるすなおでやさしい性格《せいかく》とか、いいなあ、って思って、親友になりたいって、心から思ったよ。これは正真正銘《しょうしんしょうめい》、ほんとうなんだ」

言葉のなかに、必死さが伝わってくる。

マモさんの話をききながら、住宅街《じゅうたくがい》の塀《へい》ぞいをまっすぐに歩いていく。あたしは、塀のかげで日差しをよけられるが、左どなりを歩くマモさんには、もろに西日がさしてきている。でも、マモさんは、そんなことおかまいなしという感じで、汗《あせ》を何度もハンカチでふきながら、よどみなく話しつづける。

気のりしなかったことがうそのように、あたしは、集中してきこうと耳をそばだてていた。

「はじめは、ごくふつうの友だち関係だったんだけど、紘《ひろ》はどうしたって、車いすなしでは自由に移動《いどう》できないから、なにかとフォローするようになって。バスケの練習だって、おれも、競技用《きょうぎよう》の車いすにのって参加したり、道を行くときだって、段差《だんさ》のあるところや障害物《しょうがいぶつ》のあるところはおしたりよけたりしてさ。そのうちに、『おれが助けてあげるよ』って気持ちで接《せっ》するようになっていったのかも。それって、上から目線なのに、そう気づきもしないで『おれって、なんていいやつなんだろう』って思っていたかも」

マモさんはフーッと息を吐《は》いて、つづけた。

「あるとき、紘とふたりでスポーツショップに買い物に行ってさ。おれのバスケットシューズを選んでるときに、たまたまそこにいたふたりの高校生が、紘の足をじろじろ見て、『バッシュどうやってはくんだ?』とからかうようにいいやがった。

おれ、カーッとして、高校生たちになぐりかかったんだ。逆《ぎゃく》に何発かやられたけど、おれは死にものぐるいで、ひとりの胸《むな》ぐらつかんではなさなかった」

そのことなら、紘《ひろ》からちらっときいたことがある。

「おれの心のなかに、不条理《ふじょうり》で差別的なことに対する反感がこみあげてきて、なぐられてもふりまわされても、このヤローって、手をはなすもんかって気持ちになって。

もうひとりのやつがおれの背後《はいご》になぐりかかろうとしたとき、紘が阻止《そし》しようと車いすで突進《とっしん》してもみあいになって、店員さんとガードマンがかけつけて……。おれはけっこう血だらけになっていた。事情《じじょう》を店の人たちにきかれて、最後にそいつらは、『からかってわるかった』とあやまったんだ」

あたしの頭のなかを、『羅生門《らしょうもん》』の暗記した一説がテロップのように流れてくる。

寧《むしろ》、あらゆる悪に対する反感が、一分毎《ごと》に強さを増《ま》して来たのである。

マモさんのなかに、下人《げにん》のように正義感《せいぎかん》がとめどなくましてきたということなのだろう。

「おれさ、あのあと、すごく気持ちよかった。正義《せいぎ》の味方のヒーローになったみたいにさ」

マモさんは、いいながら、頭をかいた。

「やっぱ、上から目線だよな。障害者《しょうがいしゃ》である紘《ひろ》をおれは助けようとしたんだって。とにかく、おれは、おごっていたんだ。自分くらいやさしくていいやつはいないってさ。それって、親友じゃないよな。だって、親友って、同じ高さの目線で話せるし思いやれる、フィフティフィフティの関係だよね」

マモさんがそういったとき、ちょうど駅に着いた。

マモさんの話をいつの間にか夢中《むちゅう》できいていた自分に気がつく。

マモさんとあたしは、のる電車が反対方向だ。

もっとききたい。きっとこれからがほんとうにいいたいことなのでは？

「マモさん、ベンチすわろうか？」

あたしは、駅前のロータリーにある大きなケヤキをかこむようにおかれている木のベンチを指さした。

「ありがとう」

マモさんが、顔をくしゃくしゃにしていった。

マモさんって、貴公子《きこうし》みたいな笑い方しかしない人だと思っていたけど、こんな人間くさい、いい顔もっているんだ。

木陰《こかげ》にふたりで腰《こし》かけた。とたんに、スーッと風が吹《ふ》いてきて、気持ちがいい。

「おれ、サワちゃんのことが好きになってしまって」

マモさんが少しトーンダウンしている。

「でも、サワちゃんは、紘《ひろ》のことが好きでたまらないだろ？」

あたしに問いかけるようにいったので、こくんとうなずいた。

「わかっていたんだ。でも、どうしてもふりむいてほしかった。……、でも、そんなことはありえなかった。そうはっきりと自覚すると、無性《むしょう》に、紘がねたましくなった」

この心理……。なぜか、あたしのサワちゃんに対する嫉妬《しっと》に似《に》ている。

「おれくらいやさしいやつはいないって、おごっていたけど、ほんとうは、紘の静かな海みたいなやさしさや広さにはかなわないんだって、どこかでわかっていた。それに、バスケだってつねにおれの前を行っているし。その上、サワちゃんまでとられたみたいに勝手に思って……。紘は、いつだっておれと同じ目線で話したり思いやってくれていたのに、おれ……」

涙声《なみだごえ》になっている。あたしは、マモさんの顔を見られずに、じっと駅の改札口のほうに顔を向けていた。

「それなのに、おれ、あんな、サイテーのことしちまった。紘《ひろ》にとってなにより大切なものを……。ほんとうにすまないと思っている」

ぽつん。

むきだしの腕《うで》に水滴《すいてき》、と思ったら、目の前のロータリーに音を立てて雨がふりだした。

夕立だ。

「マモさん、帰ろう」

あたしは、マモさんのひざをたたいた。

「うん」

マモさんと立ちあがった。

「マモさん」

葉のあいだから、ぽたぽたと雨つぶが落ちてきているけど、ここならまだたいしてぬれない。

マモさんの顔をまっすぐ見た。

「話してくれてありがとう。あたしね、今なら、マモさんの気持ち、わかるよ」

思わず右手を出していた。

マモさんが、握手《あくしゅ》を返してくれて、やっぱりくしゃくしゃの顔で笑った。

雨のにおいがした。灼熱《しゃくねつ》にさらされたものをやさしくうるおしていくときに発せられるにおい。

あたし、このにおい好きかも。

握手の手をはなして、首を上げて鼻から空気をすいこむと、つられるようにマモさんもスーッとすいこんだ。

そのことがなぜだかとてもおかしくて、あたしが吹《ふ》きだすと、マモさんはもっとくしゃっとした顔で笑った。

すいこんだ雨のにおいはからだをめぐっていき、でこぼこしてた心もめぐりながら平《たい》らにしてくれる。嫉妬《しっと》とか、怒《いか》りとか、いじわるな気持ちが消えていき、なにかをとても大切にしたい気持ちがあふれてくる。

雨のにおいって、人をやさしくするんだ。

目から鱗《うろこ》だ。

9 とびらをひらけば

家に帰ってくると、郵便《ゆうびん》受けに、サワちゃんからの手紙がとどいていた。

あたしは、いそいで着がえて、雨でぬれた髪《かみ》をタオルでふきとりながら、丁寧《ていねい》に封《ふう》を開けてベッドにすわりこんだ。

宝物《たからもの》を手にするみたいにドキドキしながら、読みだした。音符模様《おんぷもよう》の便せんに、人なつこい丸い文字がびっしりとならんでいる。

めぐ、連絡《れんらく》とれないので、心配しているよ。会えなくても、携帯《けいたい》でやりとりしていたから、めぐと心はいつもつながっていると思っていた。でも、ここのところ、音信不通になってしまって、さみしくて仕方ないよ。

あたし、なにか、めぐを怒《おこ》らせたのかなあ？　急に、あたしのこと、きらいになっちゃったのかなあ？

自由研究にとりくんでいたら、下人《げにん》の急に変化した心理にたどりついて、「人は、なにかのきっかけで、急に心がわりをするかもしれない」と気がついたの。めぐも、もしかすると、あたしの気がつかない態度《たいど》とかで、急に会いたくなくなったのかなあ？　と心配になっちゃった。

「親友」という文字を辞書でひいたら、『たがいに信頼《しんらい》しあっている友だち』と書いてあったよ。あたしは、出会ったときから、めぐのことが好きになって、仲よくなればなるほど、大好きになって、今でも、とても信頼しています。めぐは、わたしにとって、特別な、スペシャルな人です。

どうか、なんでも、話してください。自分がわるいところはちゃんとなおすよ。

お返事待っています！

サワ

読みおわったとたんに、あたしは、カレンダーを見てから、携帯《けいたい》を出した。

電源《でんげん》を入れる。

サワちゃんからのハートマーク入りのメッセージがたくさんとどいている。

すぐに、返信を打つ。

『大好きなサワちゃん、ほんとうにごめんね。サワちゃんは、なにもわるいことはないんだよ。わるいのは、あたし。

明後日から、「仕上げ」の三日間。うちに泊《と》まりに来てね。待ってるよ』

夏休み終了《しゅうりょう》までの三日間、サワちゃんとの強化合宿がつづいた。

まず、あたしは、紘《ひろ》のひと言《こと》から、サワちゃんに嫉妬《しっと》したことを正直に話して、あやまった。

サワちゃんは、信じられないという様子で真ん丸い目をさらに大きくしてきいていたが、話しおわると、もったいぶる様子で、ひと言いった。

「ゆるすよ」

あたしは、うれしくなって、サワちゃんにだきついた。

「ありがとう！」

すると、サワちゃんは、あのドヤ顔をした。

「仕方ない、めぐは、スペシャルな友だちだからね」

うん。そうだ、あたしにとっても、そうだ。

「特別、スペシャル！」

ふたりで、だきあって、さけびながら、とびはねていた。


自由研究は、まとめるのがかなりきつかった。

「ふつうってなんだろう？」のあたしなりの結論《けつろん》は、「自分らしいありのままの状態《じょうたい》のこと」とした。

つまり、あたしにとっては、「ふつうに生きる」ということは、「自分らしく生きる」ということ。

紘《ひろ》が、障害《しょうがい》をもっていても「これがおれのふつう」といったように。そして紘らしくバスケをがんばりやさしい気持ちで生きること。

マモさん。嫉妬《しっと》した気持ちは、人間としてふつうのことだったね。今のあたしなら、その気持ちがほんとうにわかるんだよ。

あたしみたいにすごくなやんで後悔《こうかい》したマモさん、今度こそ、紘《ひろ》と親友になれるね、きっと。

シングルマザーのミワコさんは、死ぬほどつらいときアコさんに出会って価値観《かちかん》がかわった。そのおかげで、サワちゃんと明るく生きていこうと決めて、今そのとおりに生きていることも、ミワコさんらしいふつうの生き方。

吉川《よしかわ》さんが、ゲニンの言葉で、自分のキャラクターをうけいれた上で、保育士さん目指してがんばろうとして、前向きに生きることも。

ゲニンが、奥《おく》さんと出会って、にくむ人生から愛する人生に方向転換《てんかん》したことも。

ゲニンと奥さんが、赤毛のチカちゃんを特別養子縁組制度《ようしえんぐみせいど》により、家族として大事に育てていることも、ふたりにとってはふつうの生き方。

どんなときでも、いいほうに考えて、いっしょに笑ってくれて泣いてくれるサワちゃんは、あたしにとっては特別な存在《そんざい》だけど、それがサワちゃんらしいふつうの生き方。これからもずっとサワちゃんらしく生きていくだろうなあ。

あたしが、紘のつぶやいた言葉で勝手にサワちゃんに嫉妬《しっと》して、そんな自分がいやになってなやんだこと、ミワコさんやゲニンの通過《つうか》した悩《なや》みにくらべれば、きっとびっくりするくらいちっぽけだ。だけど、それも、あたしらしいことなのかもしれない。

これから、大きな悩みにぶつかるだろうけど、あたしは、赤茶色の髪《かみ》で、あたしらしくふつうに生きていきたい。

あたしにとってもスペシャルなサワちゃんと、ずっと親友でいたいなあ、オカヨさんとエミちゃんみたいに。ミワコさんとアコさんみたいに。

ということを、イニシャルトークで自由研究として書くわけにもいかないので、『夏休みにたくさんの人と出会い、考えた末、出した結論《けつろん》です』とだけ書く。

『赤毛証明《しょうめい》についてですが、この印をおされたことで、いろいろと考えることができたことに感謝《かんしゃ》いたします。

しかし、このことにより、なやんだことも事実です。

この赤茶色の髪は、地毛で、あたしにとってふつうのことです。ですから、これからも、ほこりをもって生きていきますが、赤毛証明を毎朝見せて、証明しつづけなければならないこと、その規則《きそく》に抗議《こうぎ》いたします』

とつなげたが、結局、自由研究というより、抗議文になってしまった。しかも、Ａ４の用紙半ページだけとなった。

「これじゃあ、評価《ひょうか》もらえないね」

あたしがいうと、サワちゃんは、

「いいじゃない。あたしが、花丸あげるから」

と、よしよしと頭をなでてくれた。

サワちゃんのほうは、『羅生門《らしょうもん》』のもととなった今昔物語の原文とその訳《やく》まで調べて書きこむなどして、最後に和紙の表紙をつけて、ちょっとした文献《ぶんけん》みたいに仕上げた。

最後にこうまとめていた。

『下人《げにん》のシンリから、わかったことは、人間は悲惨《ひさん》な状況下《じょうきょうか》などで急にモラルをくずして罪人《つみびと》になるが、逆《ぎゃく》にやさしい心や言葉にふれて善人《ぜんにん》にもどることもある。どちらも、人間の心理であり、真理である』

これって、ゲニンが読んだら、感激《かんげき》するなあ。

さらにこうつづけて、結んであった。

『この小説では、老婆《ろうば》の着物を盗《ぬす》んで去っていった下人の行方《ゆくえ》はわからないと結ばれているが、かならず、その後の人生はつづくわけで、わたしは、この下人はあたたかい出会いにより、本来のやさしい人間にもどったと、信じている』

ああ、これは、ゲニンが泣いてよろこぶわ。

新学期がはじまった。

朝、校門をくぐるとき、思いもかけないことがあった。

あたしが、ゲニンに生徒手帳を見せようとすると、ゲニンは、顔の前で、手をふった。

「これからは、もう、見せる必要ないぞ」

オカッチによれば、職員会議《しょくいんかいぎ》で、ゲニンが「意味のない規則《きそく》は、生徒に負担《ふたん》をかけるだけです、やめましょう」と、校長はじめ教職員《きょうしょくいん》を説得して、『赤毛証明《しょうめい》』じたいを廃止《はいし》したというのだ。

「ゲニン、やる〜！」

サワちゃんと、ハイタッチした。

「あ、でも、自由研究……」

結局、抗議文《こうぎぶん》は必要なくなったので、評価《ひょうか》がないどころか、提出《ていしゅつ》しても意味がなくなりそうだ。

ふと、廊下側《ろうかがわ》の席を見る。

「サワちゃん、昼休みになったら、魔法《まほう》つかって、友だちふやさない？」

あたしは、にやりとしながら、サワちゃんに提案《ていあん》した。

「なになに、それ？　おもしろそう！」

サワちゃんの、そのノリが大好きだよ。

昼休み、サワちゃんと保健室《ほけんしつ》に、あの人をむかえに行こう。

そして、三人で教室にもどってくるとき、とびらの前で呪文《じゅもん》をかけよう。

「とびらよとびら、新しい舞台《ぶたい》へ登場サセタマエー！」

窓《まど》の外、これから色づいていくイチョウの葉がいっせいにゆれた。

すきとおった風が吹《ふ》いてきた。


（了）

作　**光丘真理**

宮城県生まれ。劇団文学座17期生。出産を機に、童話を書き始める。日本児童文芸家協会、日本文藝家協会所属。読み語りボランティアで活動中。『シャイン♪キッズ』（岩崎書店）でデビュー。著書に『ようこそペンションアニモーへ』（汐文社）、『給食室のはるちゃん先生』（佼成出版社）、『タンポポ　あの日をわすれないで』（文研出版）など。『勇気ある一歩で世界が変わる!　車いすバスケ香西宏昭』（新日本出版社）で児童ペン賞（ノンフィクション部門）受賞。

引用図書『羅生門・鼻』（芥川龍之介　新潮文庫）

赤毛証明

2020年5月30日　初版第1刷発行
2021年5月 8 日　初版第3刷発行

作　光丘真理

発行人　志村直人

発行所　株式会社くもん出版
〒108-8617　東京都港区高輪4-10-18　京急第1ビル13F
電話　03-6836-0301(代表)
03-6836-0317(編集直通)
03-6836-0305(営業直通)
ホームページアドレス　https://www.kumonshuppan.com/

印　刷　三美印刷株式会社

装丁・装画・本文デザイン　bookwall

NDC913・くもん出版・144P・20cm・2020年・ISBN978-4-7743-3073-0

CD 34607

創作児童文学

星くずクライミング

樫崎茜 画・杉山巧

中学生のあかりは、目の不自由な少年・昴と出会い、ブラインドクライミングを知る。ナビゲーターとクライマーがペアになり、ウォールを登るその競技で、嫌々ながらペアを組むことになった二人は……。

カーネーション

いとうみく 画・酒井駒子

「あたしは、まだ母に愛されたいと思っている。いつか母は、あたしを愛してくれると信じている」児童文学の新風・いとうみくが描く、愛を知らない娘・日和の物語。

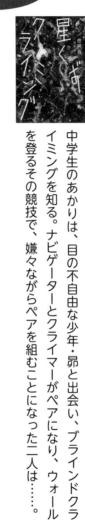